그 여름, 꿈의 끝에서
사랑을 했다

ANO NATSU YUME NO OWARI DE KOI WO SHITA
Copyright © Yozora Fuyuno 2020
Korean translation rights arranged with Starts Publishing Corporation
through SB Creative Corp., Tokyo, Japan UNI Agency, Inc., Tokyo, and
ERIC YANG AGENCY, Seoul

이 책의 한국어판 저작권은 에릭양 에이전시를 통해 저작권자와 독점 계약한 '토마토출판사'에 있습니다.
저작권법에 의해 한국 내에서 보호를 받는 저작물이므로 무단 전재 및 복제를 금합니다.

후유노 요조라 장편소설
김진환 옮김

그 여름, 꿈의 끝에서 사랑을 했다

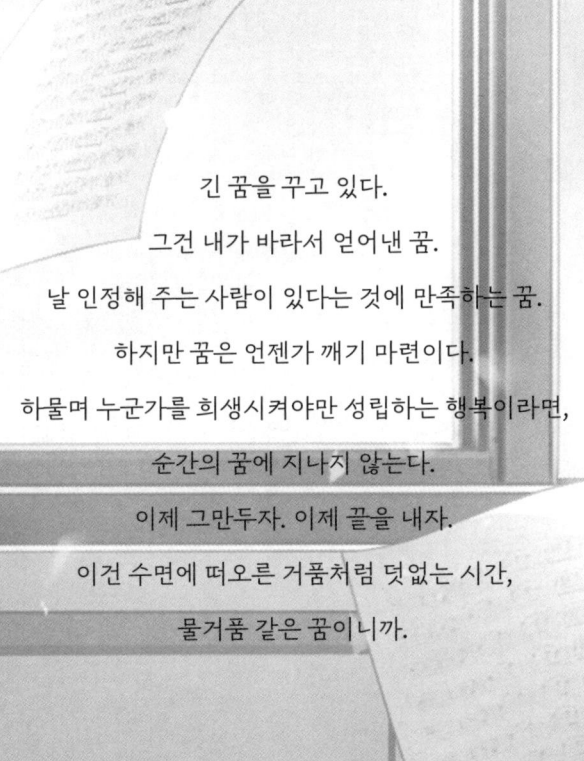

긴 꿈을 꾸고 있다.

그건 내가 바라서 얻어낸 꿈.

날 인정해 주는 사람이 있다는 것에 만족하는 꿈.

하지만 꿈은 언젠가 깨기 마련이다.

하물며 누군가를 희생시켜야만 성립하는 행복이라면,

순간의 꿈에 지나지 않는다.

이제 그만두자. 이제 끝을 내자.

이건 수면에 떠오른 거품처럼 덧없는 시간,

물거품 같은 꿈이니까.

차례

프롤로그	9
제1장. 이름은 여름의 꽃	17
제2장. 취사선택	39
제3장. 꿈의 시작	67
제4장. 짧은 잠의 기억	89
제5장. 꿈만 같은 나날	131
제6장. 짧은 잠의 카운트다운	193
제7장. 꿈의 끝에서 널 생각한다	235
에필로그	271

프롤로그

'만약 과거의 선택을 바꿀 수 있다면?'이라는 말을 들었을 때, 내가 가장 먼저 떠올린 것은 그 사고가 벌어진 순간이었다.

선명히 기억나진 않는다. 나는 소중한 사람이 위기에 처했는데도 다리가 굳어버려 한 걸음도 내딛지 못했다. 손조차 뻗지 못했다. 그런 나 자신을 나중에야 몇 번이고 원망했던 것만은 생생하게 기억한다.

결과적으로 그때의 우둔함 탓에 내 여동생 시즈쿠는 이제 없다.

조금만 더 빠르게 상황을 판단했다면. 그리고 내게 조

금만 더 용기와 행동력이 있었더라면.

아무리 그런 생각을 한들, 이미 죽은 사람이 돌아올 수는 없었다.

그제야 나는 처음으로 후회했다.

그 뒤로는 늘 '그때는 왜 그랬을까…….' 하는 무력감과 죄책감이 회한으로 변해 나를 올가미처럼 옭아맸다.

시즈쿠가 누려야 했을 청춘을 스스로 거부했고, 시즈쿠와 함께 목표로 삼았던 음악의 길 역시 바로 그만두었다. 다른 이들의 동정과 연민은 물론이고 심지어 호의까지 철저히 거부했다.

그렇게 나는 시즈쿠가 누릴 수 있었던 경험을 포기함으로써 죄책감에서 도망쳤고, 그것이 옳다고 믿었다. 그러지 않으면 내가 살아 있다는 사실조차 죄스러울 것만 같았다. 마음이 채워진 적은 한 번도 없었고, 어리석은 나에게는 그게 당연한 대가라고 되뇌었다.

시즈쿠의 죽음을 계기로 가족과 소원해진 것도, 일상을 버티기 힘겨워진 것도, 그렇게나 좋아하던 음악을 들을 수 없게 된 것까지도 그저 받아들일 수밖에 없었다.

바로 그런 이유에서 '만약 과거의 선택을 바꿀 수 있다면' 나는 무엇보다도 그 순간의 내 선택을 바로잡을 것이다.

정도의 차이는 있을지언정, '그때 이렇게 행동했다면 좋았을 텐데…….' 하는 생각은 누구나 하기 마련이다. 부질없는 가능성에 집착하면서, 바뀔 수 없다는 걸 알면서도 그때 할 수 있었을 최선의 선택을 떠올릴 수밖에 없다.

인생이란 취사선택의 연속으로 이루어진다.

한쪽을 고른다는 건 한쪽을 버린다는 뜻이다.

나는 그 사실을 뼈에 사무치도록 깨달았다. 선택의 무게를 지독히 통감했다.

그래서였을까. 무력함에 절망하고 모든 것을 포기한 내가 어울리지 않게도 그런 말을 꺼내버렸던 건.

마음속 어딘가에서 늘 최선의 선택을 궁리하는 자세가 자리 잡았기 때문일까? 아니면 후회 없는 선택을 하고 싶다고 늘 바랐기 때문일까? 그것도 아니라면, 한 번뿐인 기회를 놓치는 게 두려웠기 때문일까?

아마 전부 정답일 것이다. 그중 하나라도 빠졌다면 결과는 달라졌을 테니까.

과연 그게 최선의 선택이었는지, 나는 잘 모르겠다. 하지만 후회 없는 선택이었다고 지금은 자신 있게 말할 수 있다.

나는 그때 뒷일은 생각하지 않고 마치 자연스레 흘러나오듯이, 처음 만난 이성에게 이런 한 마디를 꺼냈다.

"…첫눈에 반했습니다."

제1장

이름은 여름의 꽃

8월 1일

고등학교 마지막 여름방학이다. 나는 이 긴 시간을 감당하기 힘들었다. 몇 없는 친구를 불러내서 놀 마음도, 수험 공부를 할 마음도 들지 않아서 하루하루가 무한하게 느껴졌다. 마치 시간이라는 감옥에 갇힌 것만 같았다.

시간을 너무 무의미하게 보내는 게 아닌가 싶어서 불안해진 탓에 목적지도 정하지 않은 채 집을 나섰다. 무의식중에 집이 불편하게 느껴지는 것도 외출에 대한 욕구를 부추긴 것 같다.

한가할 때 독서와 음악 감상에 열중하는 나는 자연스레 서점이나 CD 가게에 들르곤 한다. 오늘도 늘 그렇듯이 서점으로 발걸음을 옮겼다. 그러다 서점 근처의 놀이터 앞에서 술래잡기하는 아이들을 보았다. 내게 여름의 더위는 성가실 뿐이지만, 어린아이에게는 그렇지 않을지도 모르겠다.

뙤약볕에도 지지 않고 뛰어놀 수 있는 어린 시절, 나는 피아노를 치기 시작했다. 햇빛 대신에 에어컨 바람을 쐬며 피아노 레슨을 받아서 이토록 흐리멍덩한 인간이 되어 버린 것이리라. 눈부시게 내리쬐는 여름 햇살조차 내 기분을 밝게 해주지는 못했다.

일상적인 풍경은 나와 크게 동떨어져 있다.

넘어져서 무릎이 까졌지만 씩씩하게 미소 짓는 남자아이도, 자동판매기에서 산 탄산음료를 메마른 목에 시원하게 들이붓는 양복 차림의 남자도, 머리카락을 바람에 나부끼며 산뜻한 표정을 짓는 교복 차림의 여학생까지도 다들 나와는 다른 세계의 주민들 같았다.

나는 그런 세계에서 도망치듯 걸음을 재촉했다.

고개를 숙인 채 걸어가다 보니 단골 서점에 도착했다. 입구 근처에 진열된 신간과 영화화 코너를 뒤적이다가 자연스레 손에 책을 들고 가게 안을 돌아다녔다.

나는 나 자신을 돌아볼 필요가 없는, 다른 이가 만들어 낸 이야기를 좋아한다. 아마 현실 도피의 수단 중 하나일 테다. 그래서 장르를 가리지 않고 닥치는 대로 읽게 되었으리라.

하지만 그날 내 눈에 들어온 것은 수많은 장르 중에서도 소꿉친구 사이의 풋풋한 로맨스 소설이었다. 가끔은 취향과 다른 걸 읽어봐도 좋겠지, 하며 그 책을 집어 들었다. 평소에 접해보지 못한 이야기와 만나게 된다는 기대가 밀려왔다.

하지만 이대로 집에 돌아가 독서하는 건 평소와 다를 게 없다. 나는 그런 생각으로 귀갓길의 반대 방향으로 걸어가 보았다. 내 행동반경이 좁다 보니 동네에서도 조금만 멀리 가면 잘 모르는 길이 나왔다. 조금 걸어가자 세련된 카페가 보였다. 앤티크한 인테리어에 아무나 들어가면 안 될 듯한 고급스러운 분위기의 카페였다.

고등학생이 혼자 들어가기에는 주눅이 들 만한 곳이었지만, 나는 그저 독서하기 딱 좋은 곳을 찾아냈다는 사실에 기쁠 따름이었다. 내부는 광택이 나게끔 코팅된 갈색을 기조로 한, 차분한 공간이었다. 내심 상상했던 이미지와 딱 맞아떨어져서 만족스러웠다.

자리로 안내받은 뒤, 메뉴판을 펼쳐 주문할 상품을 정하자마자 종업원이 물어보았다.

"주문은 정하셨나요?"

종업원의 태도 역시 흠잡을 데가 없었다. 게다가 메뉴도 터무니없이 비싸지는 않았다. 배가 고픈 건 아니었기에 일단 이 가게의 간판 메뉴라 쓰여 있는 커피를 주문했다. 그리고 본래 목적인 문고본 책을 펼쳐놓고 이야기의 세계로 빠져들었다.

그 소리가 들려온 것은 펼쳐놓은 문고본 책의 오른쪽이 더 두꺼워지기 시작했을 때였다.

아름답게 퍼지는 화음이 내 고막을 부드럽게 어루만지는 듯했다. 피아노 선율이 카페 전체를 감싸안았다. 독서에 열중하던 사람, 친구끼리 이야기꽃을 피우던 사람, 노트북 PC로 무언가를 작업하던 사람까지. 자기 시간에 몰두해 있다가 문득 들려오는 소리에 다들 일제히 고개를 들었다.

가게에 처음 들어왔을 때부터 안쪽 깊숙한 곳에 놓인 피아노가 눈에 들어오긴 했지만, 이미 음악을 그만둔 내가 할 수 있는 건 없었다. 이제 단순한 장식품으로만 보이는 '죽은 피아노'라는 생각에 조금 공허한 기분이 들었을 뿐이었다.

하지만 그 피아노는 살아 있었다. 바로 지금, 한 연주자에 의해 생명이 불어넣어진 것이다. 죽은 것처럼 보였던 피아노는 그 음색으로 사람들의 마음을 뒤흔들고 있다. 갑자기 흘러나온 연주 소리에도 누구 하나 불만을 드러내지 않았고, 그 음악은 모두에게 받아들여졌다.

만인에게 받아들여지는 음악을 연주할 수 있는 사람은 업계에서도 손에 꼽는다는 걸 나는 옛날부터 뼈저릴 만큼 잘 알았다. 그게 어려운 탓에 연주자는 일단 악보대로만 칠 것을 강요받는다. 하지만 이 음색은 그 무엇에도 얽매지 않고 자유롭게 반짝거렸다. 내 귀에는 이 음색이 사람들의 마음으로 다가가서 '자, 춤추자.' 하고 신사적으로 손짓하는 것처럼 들렸다. 그 초대에 응한 마음이 음악과 함께 춤추기 시작한다. 마치 이 카페 전체가 소리의 무도회장이 된 것만 같았다.

"…와아."

감탄의 한숨이 새어 나왔다. 이렇게나 즐겁고 자유로운 음악은 처음이었다. 마음이 빠져드는 걸 느꼈다. 이미 독서 따윈 포기한 채 연주에만 귀를 기울였다.

연주가 끝나자, 어디선가 박수 소리가 들렸다. 박수를 치는 사람은 한 명씩 늘어났고 그 덕분에 세련된 카페가 소형 콘서트홀로 바뀐 듯했다.

내가 감탄 다음에 품은 감정은 흥미였다. 이런 음악을 어떤 사람이 연주했을까, 하는 단순한 관심이었다.

아마 한 곡으로 끝내진 않으려는 건지, 연주자는 아직 연주의 긴장감을 유지하고 있었다. 딱 적당히 안정된 긴장이었다. 나는 두 번째 곡이 시작되기 전에 자리에서 일어섰다. 가게에서 나가려는 게 아니라 그 반대였다. 가게 안쪽으로 들어간 것이다. 테이블과 테이블 사이를 지나가며 연주자의 모습을 확인하기 위해 충동적으로 나아갔다.

연주자가 시야에 들어온 동시에 눈이 크게 떠졌다.

세련된 여성이거나 초로의 숙련된 연주자라 생각했던 나는, 교복 차림의 여자아이를 보고 놀라지 않을 수 없었다. 하지만 그것보다도 청아한 미소를 띤 옆얼굴에서 도저히 눈을 뗄 수가 없었다.

그랜드 피아노의 반들반들한 검은색보다도, 규칙적으로 배치된 건반의 흰색보다도, 눈앞의 여자아이가 훨씬 돋보였다. 콘서트용 드레스를 입은 것도 아닌데 연주자로

서의 옆모습을 보고 있으면 심장이 빠르게 뛰었다.

나는 분명 그 순간, 사랑에 빠져버린 것이리라.

시선을 느낀 여자아이가 이쪽을 돌아보면서 눈이 마주쳤다. 그러자 심장이 한층 크게 두근거리는 느낌이 들었다. 여자아이는 경계심과 당혹감이 담긴 눈빛을 내게 향하면서도 "…어땠나요?" 하고 희미한 미소로 물었다.

그녀의 목소리조차 방금 전까지 연주되던 음색처럼 느껴졌다. 주체할 수 없을 만큼 빠르게 뛰는 가슴을 억누르며 나는 입을 열었다.

"…첫눈에 반했습니다."

*

그녀는 '연주가 끝날 때까지 기다려요.'라는 말만 남긴 채 다시 건반에 집중했다.

나는 그녀의 말에 따라 두 잔째 커피를 주문해 놓고 시간을 때우기로 했다. 처음에는 사람들 앞에서 고백한 내게 호기심 어린 시선을 보내는 손님도 있었지만, 그런 관심조차 조금씩 그녀의 음악 쪽으로 옮겨가는 게 보였다.

어째서 이런 짓을 저질러버린 걸까?

머릿속이 냉정해지자마자 처음으로 드는 생각이었다. 매사에 신중을 기하던 내가 그런 행동을 했다는 게 도무지 믿기지 않았다. 충동적으로 행동하면 후회가 남기 쉽다는 걸 잘 알면서도, 어째서……. 이목을 끌게 된 것도 부담스러웠다. 내 행동을 없었던 일로 되돌리기 위해 여기서 도망쳐 버리고만 싶었다.

"뭐 하는 거지, 진짜."

머릿속에서 나의 경솔한 행동에 대한 반성회가 열렸다. 들려오는 피아노 선율에 가끔 정신이 팔리기도 하면서 무의미한 토론을 하염없이 계속하다가 한숨을 내쉬었다.

가게를 빠져나갈까도 고민했지만 그녀의 연주를 더 듣고 싶기도 했고, 도망치는 건 '후회 없는 선택'이라는 내 신념에 어긋난다는 생각이 들었다. 수치심을 견뎌내고 조급해지는 마음을 억눌렀더니 마지막에는 그녀가 연주하는 선율에 몰입할 수 있었다. 이제부터는 후회할 일을 최대한 줄이기 위해 노력할 것이다.

그녀가 연주를 끝마친 건 그로부터 한 시간 정도 지났을 때였다. 여러 곡의 연주를 소화한 그녀는 손님들이 이리저리 흩어지는 가운데 내 앞에 나타났다. 교복 차림을 보니 나와 동갑이거나 한 살 아래일 것 같았다. 두 번째

단추까지 풀어놓은 블라우스와 살짝 짧은 치마, 등까지 내려오는 긴 머리카락. 밝은 갈색으로 염색한 머리카락은 빛의 위치에 따라 이따금 황금색으로 보이기도 했다. 한쪽 귀로 머리카락을 넘기는 게 습관인지, 익숙한 동작으로 머리카락을 쓸어 넘기자 반짝거리는 귀걸이가 드러났다.

화려한 외모에서 가벼운 위압감이 느껴졌다. 내가 학교에서는 최대한 엮이지 않으려고 하는 종류의 인간이었다. 그런 상대에게 내가 대체 무슨 말을 한 거지……. 또 도망치고 싶어지는 마음을 꾹 누르며 후회할 말은 하지 말자고 신중히 다짐했다.

"많이 기다렸죠?"

"수고했어요."

서먹하면서도 풋풋한 첫 대화였지만, 내 긴장감은 더 심해질 뿐이었다. 이성에게 관심을 가진 적이 애초에 별로 없었기 때문에 무슨 말을 꺼내야 좋을지 알 수 없었다. 그런 나를 보며 답답하다는 듯 그녀가 먼저 입을 열었다.

"그래서, 아까 그건 뭐였어요?"

그 질문은 틀림없이 나의 충동적인 발언을 가리키는 걸 테지만, 어떻게 대답해야 할지 막막했다.

"아까 그 말, 진지하게 생각해도 되는 거예요?"

그녀의 질문을 듣자 머릿속에서 얼버무리자는 선택지가 떠올랐다. 얼버무리며 없었던 일로 되돌리고 평소의 지루한 일상으로 돌아가는 것도 괜찮지 않겠냐고.

하지만 그러지 않기로 했다. 나 자신도 정말 놀랄 만큼, 그녀의 피아노와 그녀 본인이 정말 매력적으로 느껴졌으므로. 이렇게 얻은 기회를 헛되이 하는 것이야말로 후회하게 될 거라는 확신이 있었다.

"진지하게 생각해도 돼. 하지만 여기서는 이야기하기 좀 그러니까 장소를 바꾸지 않을래?"

카페 근처에 있는 공원 벤치에 앉았다. 해는 저물기 시작했고 뛰어놀던 아이들은 집에 돌아갈 준비를 하고 있었다. 주변이 차츰 조용해지는 게 느껴졌다.

"네 피아노 연주, 정말 멋졌어. 그렇게 시원시원한 연주는 처음 들어봤거든."

우선 솔직한 감상을 이야기했다. 그녀에게 관심을 갖게 된 첫 번째 이유였으니까.

"고맙습니다……."

칭찬이 기쁘지 않은 건지, 뭔가 복잡한 표정을 짓고 있었다. 내가 이상한 말이라도 했던 걸까? 그러고 보니 아직 자기소개조차 하지 않았다. 그녀의 입장에서는 내가 수상한 녀석으로 보일지도 모르겠다.

"난 하시바(羽柴) 토오루(透). 날개(羽)가 있는 시바견(柴)에 투명하다는 뜻의 토오루(透)야. 고등학교 3학년이고."

"저는 히나타(日向) 사키(咲葵)예요. 저기, 해바라기를 한자로 어떻게 쓰는지 아시나요?"

"해바라기면 여름에 피는 그 꽃 말이야?"

"맞아요."

"음, 해를 향하는 꽃이라는 뜻으로 향일규(向日葵)라고 쓰지 않던가?"

"네, 제 이름은 그렇게 기억하는 게 제일 쉬워요. 해(日)를 향해서(向) 피어난(咲) 꽃(葵). '향일규가 피었다'로 기억해 주세요."

'참고로 고2예요.' 하고 덧붙이듯 말했다.

솔직하게 멋진 이름이라고 칭찬해도 역시나 표정은 밝아지지 않았다. 자기소개만으로는 그녀의 경계심을 무너뜨릴 수 없나 보다. 어떻게 해야 좋을지 고민하고 있자, 그녀가 한숨을 쉬며 말을 꺼냈다.

"하시바 씨, 저한테 첫눈에 반했다고 했죠?"

"어, 맞아. 그랬어."

조화로운 이목구비와 그 얼굴을 더욱 돋보이게 해주는 화장, 그리고 화려한 분위기가 시너지 효과를 불러일으킨 탓인지 그녀의 질문에서 박력이 느껴졌다.

"그건 피아노 연주를 말한 거 아닌가요? 그럼 첫눈에 반했다가 아니라 첫 귀에 반했다고 해야 맞잖아요."

어째서인지 살짝 화가 난 듯한 그녀의 물음에 나도 모르게 고개를 끄덕거렸다. 확실히 그녀에게 반한 이유로 그 피아노 연주를 빼놓을 수는 없다. 그게 아니었더라면 관심조차 두지 않았을 테니까.

하지만 그걸 어떻게 설명해야 할까? 솔직하게 털어놓기에는 내 인생 경험이 턱없이 부족했다. 외모에 반했다고 말하는 게 나을까? 그것도 사실이긴 하지만 아무래도 너무 가벼워 보일 것 같다. 하지만 그렇다고 숨길 수도 없는 노릇이고…….

그런 식으로 자문자답을 반복하던 나는 결국 진심을 털어놓았다.

"네 피아노 연주를 듣고 빨려 들어가듯이 다가가게 된 건 사실이지만, 음악이 좋다는 뜻으로 말한 건 아니야. 첫눈에 반한 게 맞아. 널 본 순간 머릿속에서 전기 같은 게 찌르르하고 스쳐 지나갔거든."

부족한 어휘력으로 적절한 단어를 최대한 찾아봤지만 도저히 안 될 것 같아서, 결국 있는 그대로를 이야기했다.

"널 본 순간… 뭐랄까, 눈을 뗄 수 없었어. 예쁘다고 생각했어. 그러니까 첫눈에 반한 게 확실해."

'난 대체 무슨 소릴 하고 있는 걸까?' 하고 냉정해지려는 생각을 어떻게든 밀어내며 흐름에 몸을 맡긴 채 말을 쏟아냈다. 내 말을 들은 사키는 "흐음." 하고 불만스럽게 신음하더니 차가운 눈빛으로 나를 흘겨보았다. 뭐지? 나도 모르는 사이에 그녀의 기분을 상하게 했나?

"그래서, 하시바 씨는 어떻게 하고 싶은데요?"

"어떻게 하고 싶냐고? 아, 말은 편하게 해도 돼."

이 아이에게 존댓말은 어울리지 않는 것 같다.

"그럼 그렇게 할게. 나랑 사귀는 사이가 되고 싶다거나, 뭐 그런 이유로 말을 건 거야?"

사귀는 사이. 한심하게도 충동적으로 말을 걸었을 때는 그런 뒷일 같은 건 생각하지 못했다. 거리에서 그녀와 나란히 걸을 수 있다면 분명 기쁠 테고, 날 위해 피아노를 연주해 준다고 생각하면 저절로 웃음이 나올 것 같고, 애초에 처음 말을 붙일 때부터 첫눈에 반했다고 그랬으니까 목표는 당연히 사귀는 사이가 되는 거겠지만······.

하지만 나에게는 역시 나 자신이 행복해지는 것, 행복해지려고 하는 것에 대한 미안함과 죄책감이 남아 있었다. 그렇다면 대체 뭘 후회하기 싫어서 그녀에게 말을 걸었던 걸까?

"뭐, 됐어. 목적이 뭐든. 적어도 하시바 씨는 나한테 무언가를 기대하고 말을 걸었던 거잖아? 나도 비슷하거든."

"비슷하다고?"

"응. 헌팅에 응하는 건 이쪽도 무언가 이득이 있다고 판단했을 때잖아?"

확실히 맞는 말이다. 그녀처럼 화려한 분위기의 여자아이라면 거리에서 말을 거는 남자도 많을 테고, 그걸 거절하는 건 대수로운 일도 아닐 것이다. 그렇다면 나에게서 과연 어떤 이득을 발견했다는 걸까.

"하시바 씨는 내 피아노 연주가 좋아서 말을 건 거지?"

엄밀히 따지자면 첫눈에 반해서 그런 거지만, 그녀가 있는 곳까지 걸어간 것 자체는 피아노 연주 때문이었으니까 전혀 틀린 말은 아니다 싶어서 고개를 끄덕거렸다.

"그렇다면 부탁하고 싶은 게 있어."

"하지만 아까 그 카페에 있던 모든 사람이 분명 네 연주를 훌륭하다고 생각했을 거야."

"나한테 박수를 쳐준 사람은 많았어도 말을 걸어준 사람은 하시바 씨밖에 없었으니까."

사키는 쓴웃음을 지으며 "갑자기 사람들 앞에서 헌팅은 좀 그렇긴 하지만." 하고 덧붙였다. 후회 없는 선택을 하자는 결심에서 벗어난 충동적인 행동이었어도, 일단 의미가 없진 않았나 보다.

"난 그런 하시바 씨의 행동력을 높이 평가해."

"그래……. 그렇다면 말을 걸었던 보람이 있었네."

그렇게 말하자 그녀는 피식 웃으며 머리카락을 한쪽 귀 뒤로 넘겼다.

"그래서, 부탁할 게 뭐야?"

"응. 날 도와줬으면 해. 이 여름방학 기간 내내."

그리고 나를 시험하는 듯한 목소리로 나지막이 말했다.

"날 도와주는 일을 제대로 해내면, 소원 한 가지를 뭐든 들어줄게."

그 악마적이고 감미로운 울림이 내 가슴속에 독처럼 퍼져 나가서 그녀와의 만남으로 생겨난 감정의 응어리를 더 크게 키웠다.

하지만 나는 이때 그녀가 한 말의 의미를 정확히 이해

하진 못했던 것 같다.

♩♪ 간주 - 달빛 ♩♫

그를 처음 본 건 중학교에 입학한 직후였다.

행사에서는 가끔 전교생 앞에서 교가를 반주했고, 어느 날 조회 시간에는 상장을 받았다. 나보다 한 살 위인 그는 내가 중학교에 입학한 시점에 이미 학교 내의 유명인이었다.

그는 피아노 실력이 뛰어나서 어떤 곡이든 사람들 앞에서 간단히 연주해 보였다. 그런 당당한 태도가 멋졌고, 듣고 있으면 마음이 편안해지는 그의 연주가 좋았다. 그는 금세 내 동경의 대상이 되었다.

어느 날 방과 후, 놓고 온 물건을 가지러 교실로 돌아가던 중이었다. 음악실 앞을 지나가려는데 희미한 피아노 소리가 들려왔다. 방음 설비가 잘 갖춰진 음악실이라서 작게 들리는 건가 싶어 가만히 귀를 기울여 보니, 그건 내가 그렇게나 좋아하던 음색이었다.

머리로 생각하기도 전에 몸이 먼저 움직였다. 그 음색을 좀 더 가까이에서 듣고 싶다는 본능대로 음악실 문을 열었다. 정신을 차리고 보니 동경하던 그와 마주하고 있어서 눈앞이 아찔해졌던 걸 기억한다. 지금 생각해 보면 무언가를 필사적으로 전달하려고 입을 계속 뻐끔거렸을 나의 모습이 얼마나 우스꽝스러웠을까 싶다.
　그런데도 그는 내 기묘한 행동 같은 건 전혀 개의치 않고 눈을 가늘게 뜨며 따뜻한 시선으로 날 바라보았다.
　"무슨 일 있어?"
　상냥한 목소리였다. 내 마음이 이대로 녹아내리지 않을까 싶을 정도로. 아니, 그 뒤에 벌어진 일을 생각하면 이 시점에 내 마음은 이미 녹아내렸던 것 같다.
　"저기……."
　혀가 제대로 움직이지 않아 말을 이어가기 힘들었다. 그저 한마디, '당신의 피아노가 좋아요.'라고 말하면 됐을 텐데. 당시의 나는 남자에게 호감을 드러내는 부끄러움을 견디지 못하고 어중간한 말을 하고 말았다.
　"피아노가… 좋아요……."
　그게 내 최선이었다. 누가 들어도 그저 피아노가 좋은 것이라고 착각할 수밖에 없는 이런 말로는, 그에게 진심을 전할 수가 없었다. 하지만 그의 배려심 넘치는 착각이 그 뒤의 나라는 존재를 새로이 정의하게 된다.

"그래? 그럼 피아노 한번 쳐볼래?"

나는 그의 피아노 연주를 듣고 싶었을 뿐인데, 상상하지 못한 전개로 이어지고 말았다. 그는 내게 자리를 양보했다. 내가 피아노 앞에서 아무것도 못 하고 있자, 그는 특유의 배려심을 한 번 더 발휘했다.

"칠 줄 모르는 거면, 대충 가르쳐줄까?"

동경하는 사람에게 피아노를 배울 수 있다니. 과분한 일이 아닌가 싶어서 혼란스러웠다. 하지만 빠르면서도 정확한 그의 지도 덕분에 생각은 길게 이어지지 않았다. 융통성이 조금 부족한 건지 초심자에게는 어려운 기교가 가끔 나오긴 했지만, 결국에는 나도 가벼운 멜로디 같은 것을 칠 수 있게 되었다.

그가 손뼉을 치고 웃으며 칭찬해 주었다. 행복해진 나는 그 멜로디를 몇 번이고 반복해서 연주했다. 나도 이런 음색을 만들어낼 수 있다는 사실이 그저 기뻤다.

그는 약속이 있다며 먼저 가버렸지만, 나는 그 뒤에도 음악실에 남아 건반을 계속 쳤다. 돌아갈 곳도 친구도 없는 나에게 이 음악실은 꿈만 같은 공간이었다. 그날은 결국 놓고 간 물건을 가지러 왔다는 원래의 목적도 잊어버린 채, 하교 시간이 끝날 때까지 피아노 앞에 계속 앉아 있었다.

그렇게 해서 나는 독학으로 피아노를 연주할 수 있게 되었다.

제2장

취사선택

8월 2일

  사람은 언제나 무엇인가를 선택하며 살아간다. 미래란 결국 자신의 선택으로 개척되기 마련이다. 하지만 그런 생각을 늘 염두에 두고 생활하는 사람은 소수일 것이다.
  그리고 나는 그런 소수에 속하는 인간이며, 별것 아닌 일이라도 반드시 무언가를 선택해야 할 때는 늘 최선의 답을 고르려고 고민한다. 피곤한 인간이라고 말하는 사람도 있을 테지만, 어쩌면 그런 성격을 신중하다고 표현하는 건지도 모른다.

하지만 아무리 순간적인 기회를 놓치지 않기 위해서라고 해도 '후회 없는 선택'을 신조로 삼은 내가, 처음 만난 사람에게 '첫눈에 반했습니다.'라고 말한 걸 신중하다고 할 수 있을까? 그게 그 순간에 선택할 수 있는 최선의 선택이었을지 아직도 의문이다.

그렇다면 어제 서점에 갔던 것도, 로맨스 소설을 샀던 것도, 그 뒤에 카페에 들어갔던 것까지 다 최선의 선택이었다고 할 수 있을까?

지금 역시 마찬가지다. 그녀가 정한 장소, 방학 중인 학교에 와 있는 것도 최선의 선택인지 알 수 없었다. 어제부터 계속된 자문자답이 내게 특별한 해답을 주진 못한 모양이다.

"표정이 왜 그렇게 심각해?"

내 시야 끝에서 모습을 드러낸 그녀가 물었다.

"머릿속에서 반성회를 열고 있었어."

"뭐야, 그게. 끝나긴 했어?"

"응. 답은 안 나왔지만 논의는 끝났어."

"그래. 그럼 빨리 가자. 이렇게 더운 곳에 계속 있다간 반성회도 하기 힘들 정도로 머리가 뜨겁게 끓어오를 테니까."

그녀는 학교 정문 앞에서 기다리고 있던 나를 내버려

둔 채 혼자 재빨리 학교 안으로 들어가 버리고 말았다.

그렇다. 공교롭게도 나와 그녀는 같은 고등학교에 다니는 것 같다. 굳이 말하자면 선후배 사이인 셈이다. 나는 그녀의 뒤를 따라 걸었다. 학교에 있어도 어색하지 않도록 교복을 입긴 했지만, 여름방학이라서 그런지 썩 유쾌한 기분은 아니었다. 짧은 자유를 통제하는 기분이라고 할까.

그녀는 망설임 없는 걸음걸이로 학교 복도를 나아갔다. 리놀륨 바닥은 한여름에도 싸늘한 냉기를 머금은 것처럼 느껴졌다. 어느 교실에선가 들려오는 선풍기 소리, 운동장에서 전해져 오는 운동부의 활기찬 목소리, 소란스러운 매미 울음소리가 여름이라는 계절을 강조해 주는 듯했다.

"널 도와주려면, 구체적으로 뭘 하면 되는 거야?"

"그건 나중에 다 얘기할게."

그렇게 말하는 중간에 걸음을 멈췄다. 여름방학답게 정적인 학교 안에서도 가장 고요한 장소. 학교 건물 3층 깊숙한 곳에 위치한, 몇 번인가 들어가 본 적이 있는 교실이었다.

"역시 음악실이구나."

"응. 음악실. 하시바 씨가 내 피아노 연주를 들어줬으면 해."

그녀는 그렇게만 말하고 아무렇지 않게 교실 문을 열었다. 누군가 에어컨을 틀었다가 끄는 걸 깜빡했는지, 교실에 고여 있던 서늘한 공기가 땀에 젖은 살갗 위로 느껴졌다. 그녀와 나는 더위에서 도망치듯 나란히 음악실로 들어갔다.

"도와달라는 게 연주를 듣기만 하면 되는 일이었어?"

"설마."

그게 그렇게 쉬운 일인 줄 알았냐는 듯, 어이없다는 표정으로 말을 이었다.

"콘서트에 출연하고 싶어. 그래서 거기 나갈 때까지 도와줬으면 하거든."

"콘서트?"

"거창한 건 아냐. 프로 연주자가 나오는 것도 아니고. 그냥 동네 콘서트. 8월 마지막 날에 자치단체에서 주최하는 콘서트가 열리는데, 거기 나가고 싶어."

"내가 해줄 수 있는 건 아무것도 없을 것 같은데."

설마 내가 피아노 경력자라는 걸 알 리는 없을 테고, 그걸 스스로 밝힐 생각도 없다.

"어느 부분이 좋았다든가, 그런 걸 말해주면 돼."

"구체적인 조언 같은 걸 해줄 수 있을 것 같진 않은데."
"괜찮아. 애초에 하시바 씨에게 그런 걸 기대하진 않으니까."

말을 좀 예쁘게 할 순 없냐고 불평하고 싶었지만, 이런 직설적인 말투도 그녀의 개성인 것 같다. 그녀가 나를 특별히 싫어해서 그런 것 같지는 않았고, 무엇보다도 화려한 외모에 딱 어울리는 말투였다.

"그런데 나는 계속 하시바 씨야? 선배라고 부를 생각은 없나 보네."
"그야 학교에서 처음 만난 게 아니잖아. 나한테 선배다운 일을 해준 적도 없고."

생각해 보니 나이도 한 살 차이밖에 나지 않는 데다가 나도 그런 사소한 걸 신경 쓰는 성격도 아니었다. 그녀와 대화를 나눌수록 독설이 더 심해지는 느낌도 들지만 그냥 그러려니 해야 할 것 같다.

"난 이제부터 며칠 동안, 매일 이 음악실에 와서 피아노 연습을 할 거야. 그러니까 올 수 있을 때는 하시바 씨도 들으러 와줘. 듣고 느낀 점을 솔직히 말해주면 돼."
"못 오는 날도 있을 거야."
"그래도 괜찮아. 하지만 되도록 와줘."

"…알았어. 노력할게."

그 정도의 도움이야 얼마든지 줄 수 있었다. 게다가 사키의 피아노를 매일 들을 수 있는 정당한 명분이 생긴다는 건 오히려 행운으로 느껴지기까지 했다.

사키는 아무 예고도 없이 담담히 피아노를 치기 시작했다. 어제 카페에서 연주한 첫 번째 곡, 다시 말해 내가 그녀에게 관심을 가진 계기가 된 곡이었다.

두 시간 정도 지났을까. 그동안 그녀는 단 한 번도 휴식을 취하지 않고 계속 그 곡만 연주했다. 마음에 안 든다는 듯 신음하며 몇 번이고 고개를 갸웃거리는 모습에서 진지하게 음악과 마주하는 예술가의 면모가 엿보였다.

그녀의 연주를 듣다 보니 확실히 다듬어지지 못한 부분이나 기교적으로 아쉬운 부분처럼 경험자의 관점에서 신경 쓰이는 지점이 있긴 했다. 하지만 그런 사소한 단점 따윈 크게 신경 쓰이지 않을 만큼, 사람의 마음을 뒤흔드는 듯한 강렬한 음악이었다.

게다가 동네 콘서트라면 음악 전문가보다는 자치단체의 높으신 분들이 오디션의 심사위원으로 참여할 것이다. 일반인의 귀로 그녀의 피아노를 듣는다면, 음악에 대한 쓸데없는 지식에 얽매이지 않고 순수하게 감동할 테니 불안한 요소는 없다. 그렇다면 어떤 감상을 말해야 할까? 자기 연주가 마음에 들지 않아 답답해하는 그녀를 '아무 문제도 없어.'라는 말로 납득시키긴 어려워 보였다.

내가 고민에 잠겨 있는데, 그녀가 갑자기 내게 질문했다.

"하시바 씨는 '만약 그때로 돌아간다면…….' 하는 생각, 해본 적 있어?"

정곡을 찌르는 질문에 순간적으로 숨을 멈췄다. 동요한다는 사실을 들키지 않도록 조심하며 대답했다.

"…그야 뭐, 있지. 하지만 그건 누구나 하는 생각 아냐?"

"그렇긴 해. 나도 생각해 본 적이 있으니까."

"왜 갑자기 그런 질문을 하는 거야?"

이상하게 초조해지는 기분을 억누르며 태연한 척 말했다.

"내가 오늘 계속 연주한 곡이 요새 인기 있는 『If』라는 로맨스 영화의 주제가거든. 영화 내용이랑 곡의 가사가 그런 느낌이라 물어본 것뿐이야. 가사의 의미를 생각해 보면 곡의 정서 같은 걸 상상할 수 있지 않을까 하고."

"그랬구나……. 뭐, 그래도 곡의 이미지를 파악하는 건 좋은 접근 방식이라고 생각해."

고개를 끄덕거리자 그녀는 화제를 바꾸며 솔직한 질문을 꺼냈다.

"내 연주, 들으면서 뭐 이상한 부분은 없었어?"

그렇게 물어볼 거라고 예상했던 나는 미리 준비해 둔 답을 이야기했다.

"악보를 보여주지 않을래? 어쩌면 뭔가 알아낼 수 있을지도 몰라."

내가 할 수 있는 말은 결국 이 정도였다. 연주의 완성도 면에서 문제점을 느끼지 못했으니 남은 건 악보에 적힌 포인트를 지적하는 것뿐이었다. 내가 피아노를 배우던 시절에 악보를 달달 외울 만큼 많이 보고 분석했기 때문에 가능한 일이다. 그녀는 내가 피아노를 배웠다는 걸 모르니까 영 시원치 않은 대답으로 들리겠지만, 나로서는 이렇게 말할 수밖에 없었다.

하지만 그건 괜한 걱정이었다.

"악보 같은 건 없는데?"

그녀는 태연하게 고개를 갸웃거리며 말했다. 이어지는 그녀의 말은 놀라움과 당황스러움의 연속이었다.

"애초에 난 악보를 볼 줄 모르거든. 기본적인 연주 방법을 배운 이후로는 전부 나만의 방식으로 익혔어. 내가 연주하는 곡은 전부 듣고 기억한 거야."

"어째서?"

뭐가 궁금하다는 건지, 묻는 이유조차 애매한 질문이 튀어나왔다.

"그야 악보 보는 법을 배우는 것보다 곡의 음을 통째로 외우는 게 빠르니까."

이런 말을 들은 내 심정을 과연 누가 이해할 수 있을까.

재능이라는 이름의 불공평함에 어이가 없어서 말문이 막혔지만, 한편으로는 모든 게 설명되는 기분도 들었다. 그녀의 음악이 어째서 그렇게 자유로울 수 있었는지. 악보를 보지 않는다는 건, 다시 말해 그녀를 지도하고 구속하는 것이 아무것도 없다는 뜻이다. 자기가 들은 음악 그대로, 자신이 가진 표현력을 총동원해서 음 하나하나를 만들어내기에 그렇게 연주할 수 있는 것이리라. 이 아이는 상당히 뛰어난 청각을 타고난 게 틀림없다.

결국 아무 말도 할 수 없게 된 나는 "내가 듣기엔 이상한 부분은 없었어." 하고 답할 수밖에 없었다. 날 흘겨보는 그녀의 눈빛이 '쓸모없네.'라고 말하는 듯했지만, 직접 투덜거리는 대신 다시 피아노를 연주하기 시작했다.

이렇게 해서 레슨 첫날이 끝났다.

*

 다음 날도, 그다음 날도 그녀는 처음 선언한 대로 매일 학교에 와서 피아노 연습에 매진했다. 비가 오든 폭풍이 불든, 예외는 없었다. 조금의 타협도 느껴지지 않는 태도였다. 그런 그녀의 진지함에 자극받아서일까. 나도 그녀의 피아노를 들으러 매일 학교에 가게 되었다.
 "전화번호 입력해 둬."
 그녀는 그렇게 말하며 자신의 휴대폰을 내 쪽으로 던졌다.
 "내가 마음대로 건드려도 돼?"
 "응. 딱히 남이 본다고 곤란할 건 없거든."
 본인이 괜찮다면 문제 될 건 없겠다 싶어서 시키는 대로 내 번호를 등록했다. 첫눈에 반한 상대와 이렇게 쉽게 연락처를 교환하게 되자 뭔가 맥이 빠지는 느낌이었다.
 "그런데 혹시 너, 휴대폰을 두 개 들고 다니지 않아?"
 "응? 왜?"
 "전에 다른 모델을 들고 있는 걸 본 것 같아서."
 그녀가 가끔 휴대폰 화면을 들여다보며 한숨을 푹 쉴 때가 있는데, 그 모습이 묘하게 기억에 남아 있었다. 하지만 그때 들고 있던 전화와 지금 건네받은 전화는 모양이 조금 다른 것 같았다.

"뭐, 맞아. 다른 하나는 부모님이 갖고 다니라고 한 거거든."

"그랬구나. 많이 걱정해 주시나 보네."

"그렇지 뭐. 그것보다, 너라고 그만 부르면 안 돼? 제대로 이름으로 불러줘."

살짝 화제를 돌리듯 그런 말을 꺼냈다.

"이름이라면, 히나타 사키라고?"

"풀네임은 싫어. 성으로 부르는 것도 안 좋아해."

"그럼 사키 씨?"

"씨는 무슨, 징그럽게."

"바라는 것도 많네. 그럼 사키라고 부를게."

"응. 그거면 됐어."

사키는 만족했다는 듯 피아노 연습을 재개했다.

지난 나흘 동안 매일 이 음악실에 와서 연습하고 있는데도, 사키는 자기 연주가 전혀 마음에 안 든다는 듯 신음할 때가 첫날보다도 많아진 느낌이었다. 벽에 가로막혀 앞으로 나아가지 못하는 상태인 걸까?

"역시 네 마음에 드는 연주는 안 나오는 거야?"

"전혀 안 돼. 하시바 씨가 정확한 조언을 안 해주니까."
"그건……. 미안."

내가 도움이 되지 못한다는 걸 알고 있는 터라 순순히 사과할 수밖에 없었다.

"아니, 농담이야. 연주가 안 되는 건 내 문제잖아. 신경 쓰지 마."

그렇게 말하긴 했지만 사키는 몇 번이고 고개를 갸웃거리며 시행착오를 반복했다. 그 모습을 옆에서 지켜볼 수밖에 없다니. 나 자신이 한심하게 느껴졌다. 피아노 소리를 들으면서 무슨 좋은 방법이 없을까, 하고 생각에 잠겼다가 문득 한 가지 아이디어가 떠올랐다. 하지만 그건 첫눈에 반한 상대에게 말하기에는 약간 조심스러운 제안, 아니, 요청이었다.

"그 곡이 나왔다는 영화, 제목이 뭐였더라?"
"『If』 말이야?"
"그래, 그거. 그 영화는 봤어?"
"안 봤는데."
"그럼 영화를 보러 가면 좋지 않을까?"

사키는 감으로만 음악을 연주하고 있다. 그렇다면 악보 같은 걸 보면서 공부하는 것보다는 그 곡에 담긴 의미나 분위기를 이해할 수 있는 영화를 보는 게 훨씬 큰 도움이 될 것 같았다.

"뭐야, 이거. 데이트 신청?"

사키의 반응은 신랄했다. 하지만 그런 생각이 내 머릿속에 아예 없는 건 아니라서 과잉 반응이라 할 수는 없었다.

"부정하진 않을게."

"우와, 하시바 씨 완전 선수였네. 여자 꼬시는 수법이 너무 능숙해서 깜빡 넘어갈 뻔했어."

"뭐라는 거야, 그럴 리가 없잖아. 난 이성과 단둘이 놀러 간 적이 단 한 번도 없다고."

"그렇게까지 자랑스럽게 할 말은 아닌 것 같은데."

"하……. 그래서, 어쩔 거야?"

단도직입적으로 묻자 사키는 습관대로 머리카락을 한쪽 귀로 넘기더니 약간 망설이는 듯하다가 승낙했다.

"뭐, 지금 이대로는 진전이 없을 것 같으니까. 이번엔 하시바 씨의 수법에 넘어가 줄게."

바로 내일 영화를 보러 가기로 했다. 레슨 5일째는 현장학습인 셈이다.

*

 사전 지식을 얻기 위해 『If』라는 작품에 관해 조사해 보았다. 그러자 놀랍게도 원작 소설이 얼마 전 내가 서점에서 샀던 책—사키와 만난 그 카페에서 읽었던 문고본—이었다는 걸 알 수 있었다.
 아무래도 영화와 원작 소설, 두 작품의 내용이 크게 달라서 각각 독립된 작품으로 즐길 수 있는 것 같았다. 원작에서는 주인공이 '어떤 선택'을 하지 않은 채 끝난다고 하고, 영화에선 그 선택으로 인해 달라진 결말을 맞이한다나. 원작을 아직 다 읽진 못했지만, 후일담이나 If 스토리를 영화로 만든다는 참신한 시도가 내 흥미를 끌었다.
 사키와의 데이트보다도 영화 자체를 기대하면서 영화관이 있는 종합 쇼핑센터로 가자, 약속한 장소에 서 있는 그녀의 모습이 보였다.
 그녀의 사복 차림은 놀랍게도 꽤 차분한 인상을 주었다. 밝은 회색의 민소매 원피스에 꼼꼼하게 들어간 체크무늬와 허리를 강조하는 까만 벨트가 무척 잘 어울렸다.
 "안녕."
 "응, 안녕."

내가 말을 건네자 그때까지 내 존재 같은 건 시야에 들어오지도 않았다는 듯 성의 없는 대답이 돌아왔다. 그녀가 황금색처럼 보이기도 하는 갈색 머리를 한쪽 귀 뒤로 넘기자 반짝거리는 귀걸이가 드러났다.

"가자."

말을 건네며 걸어가자 그녀는 대꾸 없이 뒤따라 왔다.

"그런데 첫 만남에서 그런 말을 한 나랑 영화 같은 걸 봐도 괜찮은 거야?"

"역시 그런 걸 신경 쓰는구나."

"일단 물어봐야 할 것 같아서."

불과 며칠 전에 갑자기 첫눈에 반했다는 발언을 한 이성과 영화관에 가도 정말 괜찮은지 궁금했던 것이다.

"뭐, 이걸 데이트로 받아들일지는 하시바 씨 마음이야."

"내 마음이라니……."

"어떻게 생각하든 개인의 자유잖아. 난 데이트라고 생각 안 하거든."

"맞는 말씀이네."

오늘도 사키의 독설 컨디션은 최상인 것 같다.

종합 쇼핑센터 안은 매우 넓어서 하루 안에 다 돌아보

기 힘들다는 말까지 나올 정도였다. 영화관은 그 안에서도 가장 안쪽에 있었기에, 한 시설 안이라는 게 믿기지 않을 만큼 멀었다. 어색한 침묵을 어떻게 깰지 고민하고 있는데 여느 때처럼 그녀가 먼저 화제를 꺼냈다.

"하시바 씨는 평소에 로맨스 영화 같은 걸 봐? 솔직히 말하면 별로 상상이 안 돼서."

"맞아. 난 연애 이야기가 중심인 작품은 잘 안 보는 타입이야."

"역시나. 나도 별로 안 보는 편인데."

의외의 대답이었다. 영화나 소설 같은 이야기 속 연애를 꿈꾸며 친구끼리 수다를 떨 만도 한데. 참고로 나는 연애 감정이라는 것 자체를 이해하기가 어려워서 잘 보지 않을 뿐이다. 경험해 본 적도 없는 감정을 자극받기란 어려운 법이니까.

"왜?"

"일단 말해두는데, 하시바 씨처럼 연애 감정 따위는 이해가 안 돼서 재미없다는 식으로 경험 부족을 핑계 대는 건 아냐."

"네가 그런 것까지 신경 쓸 필요는 없어. 왜 내가 안 보는 이유를 멋대로 단정 짓는 거야?"

하지만, 그래. 역시 사키에겐 연애 경험이 있나 보다. 이상할 건 전혀 없다. 이 정도 외모면 오히려 그런 경험이 없는 게 부자연스러울 정도다. 그래도 첫눈에 반한 입장에서는 조금 복잡한 심경이 들긴 했다.

결국 그녀가 연애 스토리를 안 좋아하는 이유는 듣지 못한 채로 대화가 끊기고 말았다. 떠올리고 싶지 않거나 언급하기 싫은 경험이 있을지도 모른다. 굳이 캐묻지 않는 게 나을 듯해서 호기심을 억눌렀다.

"그러고 보니 지금 보러 가는 영화의 원작 소설을 갖고 있거든."

오늘 아침 알게 된 신선한 화제를 꺼내보았다. 만약 이 화제에 관심을 보인다면 대화를 좀 더 이어갈 수도 있을 것 같은데.

"아, 그래."

기대와 달리 그녀의 반응은 밋밋하기 그지없었다. 이쯤 되면 사키가 왜 나랑 같이 오기로 한 건지 신기할 정도다.

"이 영화에는 어떤 장치가 있는데―."

"뭐야, 영화를 보기도 전에 스포일러 하려고? 악취미네."

"아니, 그런 게 아니라. 중간 어느 지점부터는 원작과 영화의 내용이 서로 달라지니까, 만약에 영화가 마음에

들면 소설도 읽어보는 게 좋을 거라는 말을 하고 싶었을 뿐인데…….'

"보고 나서 판단할게."

이 정도면 쌀쌀맞은 걸 넘어서서 짜증을 내는 것처럼 느껴지는 태도였다. 대체 뭐가 거슬린 건지 짐작할 수 없다 보니, 사키의 변덕에 쩔쩔매게 됐다.

"혹시 화났어?"

열 받은 사람에게 '화났어?'라는 말은 불난 집에 기름을 붓는 거나 다름없다는 걸 잘 알지만, 어쩔 수 없었다.

"아닌데."

글쎄. 과연 그럴까. 그녀를 어떻게 상대해야 할지 알 수 없어서 막막했다. 일단 기분이 여기서 더 상하지 않도록 영화관에 도착할 때까지 아무 말도 하지 않기로 했다.

엔딩곡이 끝나는 것과 함께 실내조명이 일제히 켜졌다. 사람들을 들여보낼 때는 어두워졌다가, 사람들을 내보낼 때는 밝아지는 시설은 아마 영화관밖에 없을 것이다. 그 희귀성에 관해 멍하니 고찰하고 있을 때, 옆자리에 앉은 사키가 돌연 고개를 들었다.

"좋아, 빨리 학교에 가자."

"갑자기?"

"지금이라면 잘 칠 수 있을 것 같아."

"영감이라도 얻은 거야?"

"뭐, 비슷해."

그러고는 다른 길로 새지 않고 곧장 학교로 향했다.

해가 저물기 시작해서 거리의 풍경이 천천히 오렌지색으로 물드는 것을 등으로 느끼며 교내로 들어섰다. 복도 창문으로 내리쬐는 석양의 따뜻한 빛이 여름의 더위마저 감싸주는 것 같았다.

음악실. 불이 켜지지 않은 어둑어둑한 공간 안에서 번들거리는 까만색 피아노에 석양이 반사된 광경은 순수하게 아름다웠다. 하지만 사키는 그런 광경에는 관심이 없다는 듯 재빨리 불을 켜고 피아노를 치기 시작했다.

지금의 사키는 그 누구에게도 방해받지 않겠다는 듯 단호한 분위기를 풍겼다.

사키는 날카로운 집중력으로 몇 번이고 같은 구간을 연주하면서 고개를 끄덕이기도 하다가 갸웃거리기도 하는 등 시행착오를 거듭했다. 단지 한 번 영화를 봤을 뿐인데 이 정도로 곡에 대한 감정이 풍부해졌다는 게 솔직히 감탄스러울 정도였다.

서로 감상을 이야기할 틈도 없었다. 정말 피아노 연주만을 위한 견학에 불과했던 것 같다. 본래 목적이 그랬으니까 연주에 도움이 된 건 다행이지만, 조금 아쉬운 기분이 느껴지는 것도 사실이었다.

조금만 더 있으면 경비 아저씨가 와서 나가라고 할 시간대라 그런지, 사키는 연주를 시작하고 한 시간이 지났을 무렵에 손을 멈췄다.

"왜 그래?"

"된 것 같으니까 한 번 들어줘."

사키는 처음으로 마음에 든다는 듯 고개를 끄덕거렸다. 자신 있는 표정으로 돌아보며 빨리 들을 준비를 하라는 듯이 눈빛으로 나를 재촉했다.

"그럼 들려줘."

내 대답을 들은 사키는 다시 피아노와 마주 보며 잠시 숨을 고르더니 건반 위로 손가락을 살짝 올려놓았다.

한 음. 짧은 찰나에 울려 퍼진 음만으로도 이 음색의 감정이 가슴속으로 확 녹아드는 듯한 느낌에 빠졌다. 연주한 곡은 지난번과 똑같은 『If』라는 영화의 주제곡이었다. 그런데도 그때와는 전혀 다른 느낌으로 다가왔다.

어제까지 들었던 건 온화하면서 살짝 애절한 발라드

곡조였다면, 지금 눈앞에서 펼쳐지는 연주는 그런 간단한 말로 표현할 수 있는 게 아니었다. 말로 설명하기 힘들 만큼 복잡하게 뒤얽힌 감정이 음색을 타고 전해져 온다. 듣고 있으면 자연스레 영화 속의 명장면이 떠오르고, 나아가 나 자신이 후회해 온 기억까지 상기시킬 정도였다.

'만약에'. 음색이 그렇게 말을 거는 듯했다. '만약에 그때로 돌아간다면, 넌 다른 선택을 할 수 있겠어?'라고 묻는 것만 같았다. 물론 기술적으로 부족한 점은 있다. 하지만 이렇게나 호소력 있는 피아노 연주는 처음이었다.

"하시바 씨, 괜찮아?"

정신을 차리고 보니 연주는 끝난 뒤였고, 내 눈앞에 사키의 얼굴이 있었다. 나를 들여다보는 눈동자가 맑고 아름다웠다.

"어, 어어."

"어땠어?"

"압도당했어."

"뭐야, 그게. 요란 떨긴."

사키는 내 대답에 코웃음을 치며 고개를 휙 돌렸다. 내 말을 못 믿는 걸까, 아니면 아직도 자기 연주가 만족스럽지 않은 걸까.

"요란 떠는 게 아냐. 어제 연주보다도 훨씬 좋았어. 하나하나의 음이 마음을 뒤흔들면서 중요한 질문을 던지는 듯한 느낌도 받았고. 내 표현력이 부족해서 제대로 전달됐는지는 모르겠는데, 아무튼 감동이었어."

"그래?"

계속 시선을 돌린 채로, 이번에는 고개를 숙이고 말았다. 또 실수했나 싶어서 반성하려 했을 때였다.

"영화 보러 가자고 해줘서, 고마워."

불쑥 작은 목소리로 중얼거리는 게 들렸다.

"천만에."

같이 영화를 보길 잘한 것 같다. 내 선택이 잘못되지 않았다는 생각에 가슴을 쓸어내렸다. 사키를 만나면서 잘못된 선택으로 치명적인 실수를 저지른다면 이렇게 한 공간에 같이 있기는커녕 얼굴을 보기도 힘들어질 것이다. 지금까지는 운 좋게 잘 넘겼지만, 앞으로도 그럴 거란 보장은 없었다.

만약 사키가 이 관계의 끝을 선언한다면……. 그런 상상을 하는 것만으로 가슴 안쪽이 심하게 아팠다. 내가 생각하는 것보다 그녀란 존재가 훨씬 더 큰 의미를 갖고 있는 걸지도 모르겠다. 하지만 일단은 그녀가 콘서트에 출

연할 수 있도록 최대한 도와야 한다.

그때 문득 깨달았다.

8월 마지막 날에 콘서트가 열리고 그 전에 오디션이 있다면 시간이 얼마 남지 않았을 텐데. 8월에 접어든 지도 벌써 일주일이 지났고, 사키의 태도도 왠지 모르게 초조해 보였다. 어쩌면 오디션이 꽤 가까이 다가온 건지도 모르겠다.

"그런데 오디션이 언제야?"

"아, 내가 말 안 했나?"

사키는 아무렇지도 않다는 듯이 당당하게 말했다.

"내일인데."

♩♪ 간주 – 비창(悲愴) ♩♫

피아노를 시작하면서 내 주위에 많은 사람이 생겼다.

자신의 생활이나 주변 환경 같은 건 사소한 계기로도 얼마든지 바뀔 수 있다. 나의 경우, 동급생인 아이가 우연히 내 연주를 듣고 대단하다고 칭찬해 준 게 시작이었다. 내게 관심을 가진 사람들이 분위기에 편승하듯 말을 걸어왔고, 어느새 친구라 부를 수 있는 관계가 생겨났다. 덕분에 훨씬 더 즐거운 일상을 보낼 수 있게 된 것 같다.

하지만 내가 동경했던 그 사람과는 오히려 더 멀어진 것만 같아서 괴로웠다. 다시 우연히 마주치는 일은 일어나지 않았고, 그 뒤로 대화 한 번 나누지 못한 채로 그는 중학교를 졸업해 버렸다.

애초에 내가 그에게 다가갈 방법 따위는 없었다. 그와 아무런 접점도 없었으니까. 연락처 역시 당연히 몰랐다. 그러니 동경의 대상인 그와 다시 만날 일은 없을 거라고, 그렇게 생각했다.

하지만 운명은 결국 내 편을 들어준 것 같다.

별생각 없이 동네 외곽에 있는 작은 콘서트홀에 간 그날, 늘 내 기억 속에서 반짝이던 그가 있었다. 그는 홀 안의 빈자리를 눈으로 확인하며 다른 관객의 옆에 붙지 않아도 되는 곳을 찾는 듯했다.

관객이 그리 많지 않아서 가능성은 희박했지만, 나는 마음속으로 계속 '내 옆자리로 오게 해주세요.' 하고 기도했다. 무슨 조화인지 내 기도가 하늘에 닿은 것만 같았다. 그는 조금 망설인 끝에 내 쪽으로 걸어와서 한 자리 떨어진 곳에 앉았다.

계속 동경했던 사람이, 이제 만나지 못할 거라고 반쯤 포기하고 있던 그 사람이 손만 뻗으면 닿을 곳에 있다니. 긴장감과 행복감에 취해버릴 것만 같았다.

그날의 콘서트 내용은 거의 기억나지 않는다. 나의 오감은 희미하게 들려오는 그의 숨소리처럼, 그를 구성하는 요소들에만 반응하는 듯했다.

콘서트가 끝나고 몇 안 되는 관객이 흩어져 가는 가운데, 그도 자리에서 일어났다. 나는 절대 이 기회를 놓쳐서는 안 된다고 다짐했다. 그리고 몇 번이나 상상하고 연습한 말을 머릿속으로 떠올렸다. 괜찮아, 난 할 수 있어. 그렇게 되뇌며 입을 열었다.

하지만 제대로 말하지 못했다. 지금이 아니면 안 되는데, 긴장해서 아무것도 할 수 없다니……. 입술을 꽉 깨물었다. 통증으로 하여금 불필요한 감정을 멀리 몰아냈다.

"저기!"

내 갑작스러운 목소리에 제지당한 그는, 그날처럼 희미한 미소를 지으며 이쪽을 돌아보았다.

"무슨 일 있어?"

제3장

꿈의 시작

8월 7일

   8월에 접어든 뒤로 처음으로 흐린 날씨였다. 한여름의 더위를 모두 삼킨 듯이 어둡고 두꺼운 구름이 푸른 하늘을 가득 메우고 있었다. 마치 내 마음처럼 흐린 하늘이었다. 하지만 사키는 분명 나보다 훨씬 침울한 기분일 것이다.
   사키의 오디션은, 결과부터 말하자면 불합격으로 끝났다. 사키는 그 소식을 알려주기 위해 날 학교에 불러냈고, 나는 늘 만나던 음악실에서 자초지종을 듣게 되었다.
   '집중에 방해되니까 응원하러 안 와도 돼.'라고 했기에 실제 연주를 듣지는 못했지만, 그녀의 음악을 듣고 떨어뜨릴 오디션은 없을 거라 확신하고 있었다. 게다가 심사 위원이 아마추어인 동네 콘서트라면 사키의 연주가 누구보다 우위일 거라고 생각했다. 기술보다도 사람의 마음을 파고드는 음악이니까 그 누구의 연주보다도 높은 평가를 받을 게 틀림없다. 사키 본인도 전날에 연습했던 그대로 연주했고, 이렇다 할 실수는 없었다고 말했다.

심사 위원 중에 취향이 남다른 사람이 있을지도 모른다거나 자치단체에서 굳이 프로 심사 위원을 초빙했을 수도 있다거나 하는 식의 추측은 무의미하다. 그렇지만 이해할 수가 없었다. 사람의 마음을 그 정도로 뒤흔드는 음악이 탈락한 이유가 뭔지, 억울해서 견딜 수가 없었다.

하지만 내가 아무리 한탄하든 현실은 바뀌지 않는다. 그녀가, 사키가 그 콘서트 무대에 설 자격이 없다고 판정받은 건 틀림없는 사실이었다.

침묵 속에서 시간만이 흘러갔다.

위로하고 싶었지만 적절한 말이 전혀 떠오르지 않았다. 밖에서는 투둑투둑 비가 내리기 시작하면서 연습을 하던 운동부 학생들이 학교 건물로 피난해 오는 요란한 발소리가 들려왔다. 굵은 빗방울이 그녀의 눈물을 대신해 주는 듯했다.

계속 입을 다문 사키와 나 사이에 생겨난 침묵을, 방음벽 너머로 희미하게 들려오는 빗소리만이 공허하게 채워 주고 있었다.

"하시바 씨, 나 떨어졌어."

"……."

"연습한 대로 연주해 냈고, 자신은 있었는데."

아무 말도 할 수 없었다. 언제나 날카로운 말투로 이야기하던 사키가 지금은 상심에 젖어 있었다. 힘없는 목소리였다. 그녀의 독설에 중독된 걸까. 나는 사키의 가차 없는 말을 듣고 싶었다. 기운 없는 사키를 보고 있자니 답답해서 견디기 힘들었다.

"무슨 말이든 해봐."

"미안……."

어떤 말을 해도 사키에게 상처가 될 것만 같아서 설불리 입을 열 수 없었다. 목구멍까지 올라온 말이 몇 번이고 사라지길 반복했다. 이어지는 침묵이 무겁고 아팠다. 이럴 때야말로 사키의 피아노를 듣고 싶었다.

그러다 사키가 불쑥 입을 열었다.

"하시바 씨."

"왜?"

"하시바 씨."

"오늘은 내 이름을 꽤 많이 부르네."

장난스럽게 말해봤지만 역시나 별다른 반응은 없었다. 사키는 내 농담을 무시하고 살짝 진지한 목소리로 말했다.

"피아노, 들려줬으면 하는데."

그 말을 듣는 순간, 나라는 존재의 중심이 흔들렸다.

"연주하라고…?"

"응. 어쩌면 피아노를 칠 수 있는 사람일지도 모르겠다고 쭉 생각했거든."

"……."

전혀 예상치 못한 사키의 말에 당황하고 말았다. 피아노라니, 그만둔 뒤로 지금까지 한 번도 쳐본 적이 없다. 나는 피아노라는 악기로부터 도망치듯 살아왔다.

하지만 지금은 눈앞에 피아노가 있고, 듣고 싶다고 말해주는 사람이 있다. 만약 내 연주가 그녀에게 조금이나마 위로가 될 수 있다면, 그것만으로도 해볼 가치는 있을 것 같았다.

"공백기가 길었고, 손도 오랫동안 움직이질 않았어. 그래도…….."

"그래도 돼."

사키가 말했다.

"난 지금의 하시바 씨가 치는 피아노를 듣고 싶어. 그러니까 실력 같은 건 아무래도 좋아."

솔직히 이제 피아노는 치고 싶지 않다고 생각해 왔다. 내가 저지른 잘못에 대한 속죄의 의미도 있었고, 무엇보다도 피아노와 마주 보는 게 두려웠다. 하지만…….

"아직도 기억하는 곡은 몇 개 안 돼."

아무리 두렵더라도 이 아이에게 힘이 되어주고 싶었다.

분명 시작은 첫눈에 반해서였다. 헌팅이라는 속된 방식의 첫 만남도, 자발적인 행동도 평소의 나와는 거리가 멀었다. 무엇보다 그때 내가 취했던 행동이 최선의 선택이었을지, 후회하지 않을 수 있을지를 생각하면 아직도 의문이 남는다.

그렇지만 나는 사키를 좋아한다.

이유는 확실하지 않지만, 그녀의 행동이나 우직하게 노력하는 모습에서 나도 모르게 눈을 뗄 수 없었다. 그런 그녀를 위해서라면 한 번 더 건반을 두드릴 수 있을지도 모른다고 생각했다.

"어떤 곡을 연주해 줄 거야?"

침울했던 사키의 표정이 바뀌었다. 그녀가 눈을 반짝거리며 내 연주를 기다리고 있었다. 사키에게 미소를 되찾아준 것만으로도 피아노를 치기로 하길 잘했다는 확신이 든다.

연주할 곡은 내 손의 감각이 유일하게 기억하고 있는 곡이다. 동네 구석에 위치한 작은 콘서트홀에서 자주 들었던 곡. 유명한 곡도 아니고, 피아노를 오래 배웠던 나조차 제목을 알 수 없는 곡이지만…….

"곡명은 모르겠어. 그래도 내가 좋아하는 곡이야."

사키와 자리를 바꾼 뒤, 건반 위로 양손을 얹었다. 짧게 숨을 고르고 마음을 안정시키며 손이 아닌 청각에 의식을 집중했다. 천천히 건반을 눌렀다. 도입부의 첫 음을 완만하게 연주했고, 그것을 신호로 내 손이 가속했다.

"?!"

사키가 숨을 삼키는 소리가 들렸다. 예민해진 청각은 주변의 모든 소리를 파악하고 있는 듯했다.

내 양손은 건반 위를 무대로 일심불란하게 춤췄다. 때로는 고독하게, 때로는 즐겁게.

문득 시야에 들어온 사키는 두 손을 가슴 앞에 모은 채 귀를 기울이고 있었다.

관객은 사키 한 명뿐. 악보도 없이 그저 나의 기억에 의지한 채 연주를 이어갔다. 자유로웠다. 누구의 지시도 받지 않고 나 자신을 충분히 표현할 수 있는 이 공간이 더할 나위 없이 편안했다.

음악이란 게 이렇게나 즐거운 거였구나…….

아니, 그렇게 단순한 문제는 아니다. 나의 연주가 이렇게나 다양한 색을 띨 수 있는 것은 사키만을 바라는 내 마음 때문일 것이다. 부디 사키가 이 연주에서 위로받기를 바라는 마음 하나. 이것이 지금의 내가 할 수 있는 최대한의 연주였다. 그녀처럼 사람들의 마음을 강하게 뒤흔드는 힘은 없어도 오직 한 명, 사키의 마음에는 전달될 수 있을지도 모른다. 그런 생각으로 정신없이 연주했다.

연주는 순식간에 끝났다.

마지막 한 음을 눌렀다가, 그 여운이 방해받지 않도록 슬며시 손가락을 뗐다. 그리고 몸 안에 쌓인 긴장감을 토해내듯 숨을 몰아쉬었다.

그녀의 마음에 닿았을까? 조금이나마 격려가 되었을까?

'연주, 어땠어?'라고 묻기 위해 사키 쪽을 돌아보았을 때였다.

그저 조용하게, 그녀는 울고 있었다.

눈물을 닦지도 않고, 흐느끼지도 않고, 코를 훌쩍이지도 않고, 그녀는 내 쪽을 똑바로 바라보고 있었다. 흐르는 눈물 따윈 전혀 신경 쓰지 않는다는 듯이.

"사키…?"

"…미안."

사키는 눈 한 번 깜빡이지 않고, 중얼거리듯 말했다.

"왜 사과하는 거야…?"

"아니, 아무것도 아냐."

퍼뜩 정신을 차린 듯이 초점이 돌아온 사키는 자신의 뺨을 만져보고 놀란 듯 목소리를 높였다.

"어라……. 왜 이러지?"

턱끝까지 흘러내린 눈물을 손등으로 닦아낸 그녀는 살짝 빨갛게 부어오른 눈가에 주름을 잡으며 부드럽게 미소 지었다.

"고마워, 하시바 씨. 멋진 연주였어."

"…천만에."

사키가 보인 표정 변화의 의미를 알 수 없었지만, 왠지 직접 물어보기는 망설여졌다. 히나타 사키라는 여자아이의 근간을 들여다보는 것 같아서, 아직 내게는 그게 허락

되지 않는 것 같아서, 모든 말이 형용할 수 없는 불쾌함을 띠며 가시처럼 목에 걸렸다.

"사실은 말이지······."

사키는 그렇게 말하며 내 눈을 뚫어질 듯 바라보았다.

"첫눈에 반했다고 말해줬을 때, 무척 기뻤어. 설령 그게 피아노 음색으로 포장된 내 모습이었다고 해도, 하시바 씨가 그저 사랑이라는 감정 자체를 사랑했을 뿐이라고 해도, 기뻤어."

대체 무슨 말을 하는 걸까. 사랑을 사랑한다니, 그게 무슨······.

"같이 있어 줘서, 그만뒀던 피아노를 나를 위해 연주해 줘서······. 그게 전부 나를 위한 행동이었다고 생각하면 정말 기뻐. 왜냐하면 나는―."

순간의 정적이 내려앉았다. 빗방울은 더욱 굵어지고, 잔물결 같은 소리를 내며 땅을 때렸다. 살짝 부어오른 눈가에 또 눈물이 고이면서 사키는 말했다.

"―난 하시바 씨를 계속 보고 있었어. 하시바 씨가 나를 발견해 주기 전부터 계속, 난 하시바 씨를 좋아했던 거야."

*

 하룻밤이 지나도 비는 그치지 않았다. 아무래도 어제부터 오늘에 걸쳐 기록적인 폭우가 내리는 것 같다.

 ✉ 어제부터 오늘에 걸쳐 내리고 있는 비는 5년에 한 번 찾아오는 기록적인 폭우래. 말은 그렇게 하지만, 5년에 한 번 찾아오는 폭우라느니, 10년에 한 번 찾아오는 태풍이라느니, 그런 문구를 매년 보게 되는 것 같지 않아?

 여기까지 썼다가, 모조리 다 지워버렸다.

 "…안 되겠어."

 근황 보고와 세상 사는 이야기. 그런 별것 아닌 대화를 위해 메시지를 작성하다가 다시 지우기를 반복한다. '사키'라고 표시된 대화 화면을 나는 오늘 몇 번째로 열어보는 걸까.

 '난 하시바 씨를 계속 보고 있었어. 하시바 씨가 나를 발견해 주기 전부터 계속, 난 하시바 씨를 좋아했던 거야.'

 어제 사키가 해준 말이 무슨 뜻이었는지는 결국 듣지 못했다. 마치 나를 아주 오래전부터 알고 있었다는 듯한 말투였던 것도, 나를 좋아했다는 말도 믿기지 않았다.

 하지만 그 뒤에 그녀와 나누었던 대화 내용은 많은 생

각을 하게 만들었다.

'하시바 씨는 분명 자기가 동경하는 모습을 나한테 투영시키고 있을 뿐이야. 사랑이란 감정을 사랑하는 거지. 실제로는 나한테 관심이 있는 게 아니라, 자기가 품은 사랑이라는 감정 자체에 관심이 있는 거야. 새로운 감정을 알게 돼서 자기 표현력을 넓히고 싶어 하는 걸 보면, 하시바 씨는 뼛속까지 연주자인가 봐.'

그녀는 그렇게 말했다.

'그게 대체 무슨 소리야? 절대 그렇지 않아.'

그렇게 호소해 봐도 사키는 고개를 가로저으며 간단하게 결론지었다.

'하시바 씨는 사랑이라는 감정을 알고 싶은 것뿐이야.'

'그렇지 않아, 난 정말로 너를······.'

'그것 봐. 끝까지 말 못 하겠지?'

'······.'

가슴속에 품어둔 말이 입을 통해 나오지는 못했다.

'하시바 씨는 지금까지 좋아한다는 말도, 사귀자는 말도 하지 않았어. 왜냐하면, 처음부터 그런 마음이 없기 때문이야. 첫눈에 반했다는 건 내가 아니라 자유롭게 연주하는 연주자에 대한 감정이야, 분명. 하시바 씨가 가장 동

경하는 모습을 보고 호감을 품게 된 거야.'

그 말이 내 폐부를 뚫고 들어와, 나라는 존재의 핵심을 가차 없이 꿰뚫어 버린 느낌이 들었다. 사키의 말은 내 안의 무언가를 파괴하려 하고 있었다.

'그렇지… 않아.'

그런데도 나는 부정했다. 그런 마음으로 사키를 바라봤다는 사실을 인정하고 싶지 않았고, 처음으로 느낀 달콤쌉싸름한 감정을 가짜로 생각하기는 싫었다. 단순한 동경심만 존재하는 게 아니라고 말해주고 싶었다.

'그럼, 나랑 사귀어 볼래? 남자친구로서 내 옆에 설 수 있어?'

하지만 나는 결국 그 질문에 고개를 끄덕이지 못했다. 아무 말도 할 수 없었다. 그저 쓸쓸하고 건조한 미소를 짓는 사키를 보며 형용할 수 없는 괴로움을 느꼈을 뿐이었다.

그리고 사키가 마지막으로 꺼낸 한마디가 내 뇌리를 가득 채웠다.

―과거에 사로잡혀서 자신을 부정하면 안 돼.

한숨을 쉬며 침대에 몸을 눕혔다. 창밖으로 보이는 세찬 폭우는 외출하지 말고 머리나 식히라고 내게 말해주는 듯했다.

사키가 무슨 의도로 그런 말을 한 것인지 알 수 없었다. 오래전부터 나를 알고 있었다는 듯한 말투였고, 내 과거까지 다 꿰뚫어 보고 있는 듯한 느낌을 받았다.

사키의 감정이 어떤지도 모르겠다. 그녀는 나를 좋아한다고 말했다. 한 번도 그런 티를 낸 적은 없었는데도.

사키가 말한 것처럼 내가 동경심 자체를 사랑하고 있는 거라면, 사키가 날 좋아하는 감정은 대체 뭐란 말인가.

몇 번이고 되뇌어 봤지만 답이 보이지 않았다. 나는 베개에 얼굴을 묻었다.

"아!"

형용할 수 없는 감정이 나를 삼킬 것만 같아서, 베개에 대고 크게 소리치는 게 고작이었다. 어떻게든 마음을 가라앉히려고 지난번에 샀던 문고본 책에 손을 뻗었다.

영화는 봤지만 원작은 아직 끝까지 읽지 못했다. 영화와 소설의 내용은 중간부터 달라지면서 서로 다른 결말을 맞이한다고 했다. 나는 타인이 창조한 이야기에 몰두함으로써 나 자신의 문제로부터 도망쳤다.

책을 다 읽고 나자 막막해졌다.

"하아……."

몇 번째 한숨인지 모르겠다. 한숨을 쉬면 행복이 달아난다고 하지만, 애초에 행복한 사람이 한숨 같은 걸 쉴 리가 없다. 한숨을 쉬는 사람은 나름의 불만이나 문제를 끌어안고 있는 게 대부분이다. 이쯤 되면 내가 오늘 내쉰 한숨 덕분에 얼굴도 모를 누군가에게 행복을 나눠주고 있는 게 아닌가 하는 생각마저 들었다.

그런 쓸데없는 생각에 잠겨 있어도 시간은 좀처럼 흘러가지 않았다. 시계를 자주 보는 사람일수록 시간이 느리게 흐른다는 말은 사실인 것 같다. 하물며 확실한 결과 같은 걸 기다리는 것도 아니고, 올 가능성도 없는 연락만 무의미하게 기다리는 신세니 더 최악이었다.

혼자 있는 시간에 한 사람의 연락만을 기다리는 게 사랑이 아니면 대체 뭐란 말인가.

책의 결말은 전형적인 로맨스 소설다웠고, 그래서 그녀를 보고 싶다는 감정이 더 커져버렸다. 왜 하필 로맨스 소설을 골랐을까. 그때 당시의 내 선택이 처음으로 후회스러웠다. 하지만 내게 사랑을 할 자격이 있는 걸까? 지금까지 시즈쿠에게 속죄하며 살아왔던 내가 나 자신의 행복을 추구해도 되는 걸까? 그런 갈등도 마음속에서 소용돌이쳤다.

그렇게 긴 시간을 고민하며 해가 저물 때까지 집에서 가만히 누워 있을 때, 드디어 멀리 던져둔 내 휴대폰이 울렸다. 재빨리 달려가 화면을 확인했다. 내 휴대폰에 등록된 연락처는 거의 없었으므로 연락이 온다면 부모님이나 스팸, 혹은 그녀 정도였다.

그리고 화면에는 사키, 라는 글자가……. 다급히 메시지를 확인하자, 어떤 장소에서 보자는 말이 쓰여 있었다. 그곳은 나와 사키가 늘 만나던 학교가 아닌, 둘이서는 가 본 적이 없을 내 추억의 장소였다.

♩♪ 간주 - 사랑의 슬픔 ♩♫

나는 지금까지 사람에게 집착해 본 적이 없었다.

누구도 혼자서 살아갈 수는 없다고 하지만, 나라는 인간만큼은 어린 시절부터 완결된 자아를 갖고 있었다. 나 자신이 세상의 전부였다.

무뚝뚝하고 잘 웃지 않는 내게는 친구라 부를 수 있는 사람이 없었고, 학교 선생님들도 뒤에서는 날 성가신 학생으로 여긴다는 걸 알았다.

그런 인간이 되어버린 건 분명 내 부모님 때문일 것이다.

내가 기억하는 가장 어린 시절의 기억에서도 부모님의 관계는 좋지 않았다. 두 사람이 나를 방임하게 되는 건 피할 수 없는 결과였다. 가혹한 일을 당한 건 아니다. 다들 나를 공기와 동등하게 취급했으니 피해를 입은 건 아니라고 단언할 수 있다.

하지만 내가 행복한 인간이 아니라는 것쯤은 이해하고 있었다. 이해할 수밖에 없었다. 나는 기대라는 중압감을 받아본 적이 없는 대신, 칭찬받는 기쁨도 알지 못했다. 그래서 무슨 일에서도 보람을 느끼지 못했고 즐거움을 느끼는 일이 극단적으로 적었다.

'나는 왜 사는 걸까?'

수도 없이 그렇게 생각했다. 말하자면 그때까지의 나는 살아 있는 게 아니라 '죽지 않은 상태'에 가까웠다.

그런 나에게 닿았던 그 사람의 온기는, 살아갈 의미가 될 만했다. 진실한 친절을 베풀어준 것도, 칭찬을 해준 것도, 기쁨과 즐거움을 가르쳐준 것도 전부 그 사람이었으니까. 나는 그 덕분에 음악을 알게 되었고, 피아노를 치게 되었고, 친구도 생겼다. 내가 지금 살아 있고 계속 살아가고 싶다고 느끼는 건 전부 그의 따뜻함 덕분이었다.

그러니 차츰 동경심 이상의 감정을 품게 된 것도 당연한 일이었다고 생각한다.

"안녕하세요."

그가 눈을 가늘게 뜨더니 온화한 미소를 지었다. 나는 빠르게 뛰는 심장과 터질 듯한 기쁨을 겨우 억눌렀다.

"안녕하세요."

간신히 똑같은 인사말로 대답했다.

네 번째. 그와 함께 이 동네 외곽의 작은 콘서트홀에서 음악을 즐긴 횟수다.

첫 번째와 두 번째는 우연이었다. 하지만 세 번째는 그가 올 것이라 추측하고 콘서트홀을 찾은 거였다. 그리고 오늘도 나는 그와 우연히 만난 것처럼 가장했다.

이 콘서트의 짧은 시간만이, 특별한 구실 없이 그와 공유할 수 있는 유일한 시간이었다.

오늘도 평소와 동일한 곡목이었다. 자치 단체장이 좋아한다는 유명한 클래식 다섯 곡. 그리고 이름도 모르는 명곡이 한 곡. 총 여섯 곡뿐인 조촐한 콘서트였다. 부정기적으로 개최되고 대부분은 지역 주민이 단골 관객층이었다.

그는 이런 콘서트를 자주 보러 오는 듯했다. 단순히 선정된 곡의 목록이 좋아서인지도 모른다. 어른스러워 보이는 그에게 잘 어울리는 클래식 명곡들이었으니까.

나도 피아노를 시작한 뒤로 영감을 얻기 위해 찾아오고는 했다. 그리고 그와 만나면 한 칸 떨어진 옆자리에 앉아 음악에 빠져들었다. 아무 대화도 없이. 사실 이따금 들려오는 그의 숨소리만이 내 기억의 대부분이었지만 말이다. 콘서트홀에서 마주칠 때와 빠져나갈 때 나누는 인사가 내 일상에서 가장 기다려지는 순간이 되었다.

하지만 인간은 더 큰 욕심을 부리기 마련이고, 나 역시 예외는 아니었다. 네 번째인 오늘은 인사만으로는 만족할 수 없어서 결국 내가 먼저 말을 걸어보기로 한 것이다. 평소 같았으면 음악이 끝나고 서로 가벼운 감상을 이야기한 다음, 여운에 젖은 채 군청색 하늘 아래에서 '또 봐요.'라고 인사하며 다시 만날 날을 기대하며 헤어졌을 테지만.

콘서트홀을 빠져나와서 그가 '또 봐요.'라고 말하려고 입을 연 순간, 소극적이던 나의 필사적인 목소리가 주제넘게도 그의 말을 가로막았다. 그를 붙잡은 것만으로도 벅차지만 아직 내겐 해야 할 말이 남아 있었다.

"무슨 일 있어?"

그가 의아한 듯 고개를 갸웃거렸다. 나는 너무 부끄럽고 긴장한 나머지 그를 제대로 쳐다볼 수 없었다. 손톱이 파고들 만큼 양손을 강하게 말아 쥐면서 용기를 쥐어짜 냈다.

그는 내가 살아가는 의미였다. 그러니 짧게나마 공유하는 이 시간을 잃게 된다면 꽤 타격이 크겠지만, 만약 나의 작은 용기로 그 시간이 더 늘어날 수 있다면……. 성공한 내 모습을 상상하면서 마음을 굳게 먹었다.

"다음 일요일! 동네 역으로 와주세요!"

설명이 부족하다는 건 알고 있었다. 그래도 그렇게 말하는 게 한계였다. 나머지는 어떻게든 되겠지, 하는 심정이었다. 연락처를 물어보는 편이 나았을지도 모르고 좀 더 침착하게 구체적인 약속 장소를 말하는 게 좋았을지도 모른다. 하지만 당시의 나는 그런 것까지 생각해 낼 수 없었다. 내가 할 수 있는 말은 그게 전부였다.

나는 도망치듯이 종종걸음으로 그 자리를 떠났다.

등 뒤에서 들려온 '알았어.' 하는 대답이, 내 간절함이 만들어낸 환청은 아니기를 기도하면서.

제4장

짧은 잠의 기억

8월 8일

황혼이 질 무렵엔 비가 이미 그친 뒤였다. 기록적인 폭우일 거라더니……. 기상청에 항의하고 싶을 만큼 허무한 기분이었다.

오랜만에 거리를 걸었다. 피아노를 치던 시절에 자주 지났던 길이다. 여동생인 시즈쿠가 나의 왼쪽에서 나란히 걷고 있던 것도 선명히 기억났다.

사키가 지정한 장소는 내가 몇 년 전까지는 자주 방문했던 동네 외곽의 콘서트홀이었다. 어릴 때 부모님이 데려가 준 이후로 초등학생인데도 혼자서 찾아가곤 했다. 단골 관객 중에서 아는 얼굴이 생길 정도였다. 나는 그 콘서트가 좋았다. 자치 단체장의 사적인 취향으로 정해진 뻔한 악곡이긴 해도, 전부 차분하고 좋은 곡들이라 내 연주에도 커다란 영향을 주었다.

하지만 여동생이 사고로 죽은 뒤로는 한 번도 가지 않았다. 특별히 의도한 건 아니었다. 하지만 나도 모르게 그 콘서트홀로 가는 길을 피해서 걸었다. 시즈쿠의 흔적이 남은 이 동네에서 살아간다는 게 숨이 막혔다.

사키는 어째서 날 그런 장소로 불러낸 걸까. 옛 모습이 짙게 남아 있는 거리를 괴로운 마음으로 걸어갔다. 여동생의 죽음을 억지로 직면하는 기분이라 떨림이 멈추지 않았다.

최대한 바닥을 보며 어떻게든 걸어가다 보니 드디어 목적지에 도착했다. 곧 연주가 시작될 텐데도 사람이 많지 않았다. 조용하고 어둑어둑한 내부, 차분한 곡들. 나는 그 분위기를 퍽 좋아했다. 가슴속에 괴로움과 그리움이 가득 차올랐다.

불안한 마음으로 콘서트홀에 도착하자 제일 먼저 익숙한 여성의 실루엣이 눈에 들어왔다. 사키의 모습을 보는 것만으로도 지금까지 쌓였던 불안감이 순식간에 날아가 버리고 재회의 기쁨만이 남았다. 나의 단순함에 쓴웃음을 지으며 그녀가 서 있는 곳까지 계속해서 걸어갔다.

"아, 하시바 씨."

"응."

"갑자기 불러내서 미안해."

"아니야, 괜찮아."

오히려 네 연락을 간절히 기다렸어, 그런 낯간지러운 말은 당연히 하지 못했고 태연한 척 들뜬 감정을 누르면서 대답했다.

"그런데 왜 이런 곳으로 불러낸 거야?"

"아, 내가 말 안 했구나……."

사키는 잠시 뜸을 들이더니 살짝 부끄러운 듯 웃었다.

"불안해져서. 어쩌면 이대로 하시바 씨랑 만나지 못하게 될지도 모른다는 생각이 들었거든. 그래서 꼭 보고 싶어졌어. 하지만 얼굴을 마주 보면서 대화할 자신이 없었으니까 여기로 부른 거야."

"그랬구나."

나도 마찬가지야, 라고 솔직하게 답하지 못하는 내가 조금 싫어졌다.

"일단 입장할까?"

"응."

사키는 익숙하다는 듯이 콘서트홀로 들어갔다. 눈치를 보니 그녀도 이곳의 단골 관객인 것 같다. 접수처로 가니 선해 보이는 초로의 남성이 '사키' 하고 편하게 말을 걸어왔다. 접수 담당자가 알아볼 정도로 자주 왔구나. 내가 살짝 놀라는 사이, 그녀는 익숙하게 표를 구입했다.

"아저씨, 두 장 주세요."

"자주 와줘서 고맙구나. 그쪽은 남자친구니?"

"아, 아뇨……."

거북한 질문에 아무 대답도 하지 못한 채 가볍게 목 인사만 했다.

"학교 선배예요. 남자친구가 아니라, 내가 좋아하는 사람."

"아아, 그랬구나. 본인 앞에서 그런 말을 하다니, 대담한데?"

"어제 막 고백했거든요."

대화를 이어가는 두 사람을 보면서, 어떻게 반응해야 좋을지 몰라 어색함만 더해갔다. 게다가 어제의 그 말이 고백이었다는 충격적인 진실을 마주해야 했다. 콘서트홀로 들어가며 사키에게 말했다.

"푯값 줄게. 얼마야?"

"됐어. 내가 불러낸 건데. 그리고 반값으로 산 거거든."

"그래?"

"응. 자치 단체장이 젊은이들에게도 좋은 음악을 알리고 싶다고 해서, 학생증을 보여주면 반값으로 할인해 줘."

"그랬구나."

말은 그렇게 해도 아까 사키가 학생증 같은 걸 꺼내는 모습은 못 본 것 같았다.

"나는 자동 패스야. 같이 온 하시바 씨한테도 학생 할인을 적용해 주셨고."

내 생각을 읽은 듯이 설명했다.

"여기, 꽤 오래전부터 다녔나 보네."

"중학생 때부터니까."

그렇다면 나와 비슷한 시기에도 왔던 셈이다. 서로 모르는 채 마주쳤을지도 모르겠다.

피아노를 연주하는 연주자의 손이 어느 정도 보이면서도 너무 가깝지는 않은 적당한 위치에 자리를 잡았다. 옛날에 왔을 때도 비슷한 위치에 앉았던 것 같다. 그녀가 자리에 앉은 것을 확인하고, 바로 옆자리에 앉는 건 조금 이상하다는 생각에 한 칸을 띄어서 앉았다.

그러자 별안간 '안녕하세요.'라는 말이 입에서 나오려 했다. 왜인지 익숙하다는 기분이 들었다. 이런 게 데자뷔일까? 뇌리에 정확한 풍경이 떠오른 건 아니라서 굳이 신경 쓰지 않기로 했다. 사키가 불쑥 말했다.

"아까 했던 말, 진짜인데."

"아까라니?"

"어제 그건 내 고백이었다는 말."

사키는 그 말만을 남긴 채 내 기분 따위 신경 쓰지 않는다는 듯이 앞쪽으로 시선을 돌렸다. 그 뒤로 연주자의 입장과 함께 드문드문한 박수 소리가 들렸고, 나는 음악에 집중했다.

곡은 총 여섯 곡. 먼저 드뷔시의 『달빛』으로 시작해서 과거의 위대한 작곡가들이 만든 명곡이 연주회장을 수놓았다. 연주되는 곡은 늘 똑같았기 때문에 콘서트인데도 팸플릿 같은 건 따로 없었다.

조용한 연주회장에 파와 라 플랫의 화음으로 시작되는 첫 음이 울려 퍼지더니, 장내는 금세 그 음색으로 일체화되었다. 수면에 반사된 달빛을 바라보는 정경이 뇌리에 떠올랐다. 고요하고 덧없는 아름다움을 소리로 변환시킨 듯한 연주였다.

문득 옆을 돌아보았다가 사키와 시선이 마주쳤다. 사키는 희미하게 미소 지었다. 마치 '여기에 같이 올 수 있어서 기뻐.'라고 말하는 듯해서 심장이 빠르게 뛰었다.

마음이 한없이 차분해지는 환경인 이 콘서트홀에서 이렇게나 심장이 빨리 뛰는 사람은 아마 연주자인 피아니스트와 나뿐일 것이다.

모든 연주를 다 듣고 나서 잠시 숨을 돌렸다. 음악을 다 들은 뒤, 여운까지 즐겨야 한다는 게 내 지론이다. 옆에서 눈을 감은 채 천천히 숨을 내쉬는 사키도 나와 비슷한 듯했다. 편안한 침묵이 이어졌다. 하나둘씩 관객이 빠져나가는 가운데 나와 사키는 자리에서 일어서지 않고 마지막 한 방울의 여운까지 탐닉했다. 그렇게 장내에 두 사람만 남게 되고 나서야 그 자리를 떠났다.

"오늘 연주는 네 번째 곡이 멋졌어."

연주회장을 빠져나와 이미 완전히 밤의 세계로 변한 남색 하늘 아래서 서로의 감상을 털어놓았다. 어느샌가 처음의 어색함은 온데간데없었다.

"라벨, 좋았지. 나도 오늘 연주 중에서는 제일 좋았던 것 같아."

그렇게 동의하자 사키는 고개를 갸웃거렸다.

"작곡가 이름이 라벨이야?"

"응. 프랑스의 대표적인 작곡가야. 아까 그 곡은 그 사람의 대표곡인 『죽은 왕녀를 위한 파반느』였어."

"죽은 왕녀님을 위해 만든 곡인가?"

"글쎄. 여러 가지 설이 있지만 사실이 어떤지는 본인만 알겠지. 아니, 설령 라벨이 아직까지 살아 있다고 해도 본인조차 잘 모를 수도 있어."

그렇게 말하자 그녀는 의아하다는 표정을 지었다.

"왜?"

"아아, 라벨은 생전에 기억상실을 앓았다고 하거든."

"기억상실……."

"응."

사키는 무슨 생각에 잠기듯 기억상실이란 단어를 되뇌었다.

"하지만 그래서 생겨날 수 있었던 라벨의 일화가 있어."

그녀의 쓸쓸한 표정을 바꿔주고 싶어서 나는 다른 이야기를 꺼냈다.

"일화?"

"사람에 따라서 절망적인 이야기일지도 모르지만……."

"응, 듣고 싶어."

"그럼 말할게. 라벨은 50세를 넘길 무렵에 기억장애와 언어장애를 갖게 돼서 수많은 위대한 작곡가 중에서도 비극적인 인생을 보냈다고 하거든."

"응."

사키는 진지하게 고개를 끄덕이는 것으로 이야기를 재촉했다.

"그런데 라벨은 기억상실을 앓고도 음악의 매력에 끌렸고, 언어장애로 글씨를 쓰지 못하게 된 상태에서도 그 뛰어난 청각으로 음악을 즐겼다고 해. 그런 라벨은 어느 날 특별한 곡을 만나게 돼."

나는 이제부터가 본론이라는 듯이 의도적으로 잠시 뜸을 들였다.

"라벨은 그 곡을 들었을 때, 이렇게 아름다운 곡은 처음 들어본다고 말했대."

"그 곡이 뭐였는데?"

사키는 내가 유도한 질문을 던져주었다. 희미한 만족감을 느끼면서 말을 이었다.

"『죽은 왕녀를 위한 파반느』였어. 라벨은 자기 곡을 세상에서 가장 아름다운 곡이라고 말해버린 거야. 난 그 이야기를 들었을 때, 진심으로 멋지다고 생각했어. 지금까지의 자신을 누구보다도 객관적인 시각으로 보고 평가한 거니까. 미래의 자신이 인정할 만한 무언가를 남긴다는 게 너무나도 멋지다고 생각했어."

"그랬구나."

내 열변과는 달리 사키의 반응은 담백하기만 했다. 별로 흥미를 끌지 못하는 이야기를 했나 싶어 옆얼굴을 살펴보니 머리카락을 귀로 넘겨 드러난 그녀의 표정은 지극히 진지했다.

"나는……."

"응?"

그녀는 무언가를 말하려는 듯 호소하는 눈빛으로 나를 보았다.

"나는 하시바 씨에게, 그 곡 같은 존재가 되고 싶다고 생각해……."

의미를 알기 힘든 모호한 말이었다.

"아니, 역시 괜한 말을 한 것 같아. 잊어줘."

더는 언급하지 말라는 말투였기에 나는 입을 닫을 수밖에 없었다. 하지만 그러지 말았어야 했다. 무슨 의미냐고 정확히 물어봐야 했다.

그러나 나는 어색해지려는 분위기를 피하기 위해 다른 화제를 꺼냈다.

"오늘은 여기로 불러내 줘서 고마웠어."

자연스럽게 흘러나온 감사의 말이었다. 이 콘서트홀로부터, 음악으로부터 도망쳐 왔던 나를 다시 이끌어준 건 사키였다. 지금도 여동생에 대한 죄책감은 그대로지만, 내가 여전히 음악을 좋아하고 있다는 사실을 깨달았다. 전부 그녀 덕분이었다.

"난 만나자고 했을 뿐이야."

"그래도 사키가 그렇게 해주지 않았다면 여기로 올 일은 없었을 거야. 그러니까 고마워."

진지하게 말을 이어갔다. 지금까지는 사람들의 감정을 최대한 차단하면서 살아왔다. 그래서 누군가가 나에게 노골적으로 고마워하는 티를 내는 게 불편했다. 나 따위가, 하는 체념과 죄책감으로 뒤섞인 마음이 타인과 마음을 나누는 걸 주저하게 했다. 그랬던 내가 자발적으로 노골적인 감사를 표현하고 있었다. 순수한 감정을 드러내고 있었다.

내가 그럴 수 있다는 게 기뻤다. 그리고 이렇게 솔직한 감정을 드러낼 수 있는 유일한 대상이 견딜 수 없이 사랑스럽게 느껴진다는 걸 자각하고 말았다.

다시 말해, 나는 역시 히나타 사키를 좋아하는 것이다.

지금까지는 한 번도 품어본 적 없는 이 순수하고 절실한 감정을 소중히 여기고 싶었다. 그리고 내가 이런 감정을 갖게 됐다는 걸 눈앞의 그녀에게 말해주고 싶어졌다.

평소와 다를 바 없는 밤거리를 걸어가면서 어떻게 말을 꺼낼지 고민했다. 하지만 무슨 말을 고르든 내 마음을 전부 표현할 수는 없었다. 그렇게 생각하니 그냥 단순하게 말해도 괜찮지 않나 싶어졌다.

눈앞에 가로등이 보였다. 거기까지 걸어가서 서로의 표정을 잘 볼 수 있을 때 말해야 분위기가 살 거라는 생각은 들었다. 하지만 그때까지의 몇 초를 기다리는 것조차 왠지 답답했다. 어차피 말할 거라면 지금 말하자, 라는 이상한 확신이 들었다.

"사키."

제대로 이름을 부른 건 처음인 것 같다. 나의 진지한 태도에 조금 놀라며 뒤돌아보는 그녀의 모습을 상상했지만, 실제로는 그렇지 않았다. 나를 바라본 사키는 내 입술 위에 자신의 검지를 올렸다. 조금 곤란하다는 듯, 미안해하는 얼굴을 하고서.

"안 돼. 말하지 마."

마치 내 마음을 다 알고 있다는 듯한 태도였다. 하지만 지금의 나에게 그런 제지는 소용없었다. 감정은 논리로 설명할 수 있는 게 아니니까.

"아니, 꼭 말하고 싶어."

평소와 달리, 나답지 않게 강한 태도를 보이자 사키가 동요하며 눈을 깜빡였다. 재차 '안 돼.'라고 말하려는 듯이 입을 열었지만, 그게 소리가 되기 전에 내가 먼저 말을 꺼냈다.

"난 사키를 좋아해."

조금도 머뭇거리지 않고 단호하게 말했다. 제대로 들리지 않았다고는 말할 수 없겠지. 못 들었다고 해도, 난 몇 번이라도 네가 좋다고 말할 거야.

"사키는 여름방학 동안만 콘서트 오디션을 도와달라는 명목으로 날 곁에 있게 해줬지만, 난 여름방학이 끝난 뒤에도 같이 있고 싶어."

내 감정뿐만 아니라 바람까지도 함께 털어놓았다. 지금이 아니면 말하지 못할 것 같았으니까. 물론 앞으로도 몇 번이고 무언가를 선택할 기회는 있을 것이다. 인생이란 그야말로 취사선택의 연속이니까. 난 지금까지 나 자신을 지킬 수 있는 선택지만 염두에 두었지만, 앞으로는 바뀔 생각이다. 나의 눈앞에서 당장이라도 울음을 터뜨릴 것처럼 울상 지은 그녀와 함께하기 위한 선택을 하면서 살아가고 싶다.

그러니까 그녀와, 사키와 함께 지내기 위한 첫 선택으로 난 이렇게 말한 것이다.

"나와 사귀어줘."

특별한 것도 없는, 흔해 빠진 사랑 고백. 하지만 그게 최선이라고 생각했다. 내가 전하고 싶은 마음은 결국 이 평범한 말에 담겨 있으니까.

거리가 조용한 탓에 나의 목소리가 멀리까지 울려 퍼지는 듯했다. 나는 정적 속에 가라앉듯이 차분해졌다. 내 입에서 흘러나온 말이 살짝 쑥쓰럽기는 했지만 후회는 전혀 하지 않았다.

"으으······."

처음으로 들려온 것은 고개를 살짝 숙인 그녀의 울음소리였다. 가로등에 반사되어 희미하게 반짝거리는 물방울이 땅을 적시고 있었다.

"사키…?"

"아니, 괜찮아, 괜찮아. 그냥 기뻐서."

사키는 그렇게 말했다. 자신을 좋아해 준다는 게, 고백을 받았다는 게 기뻐서 울고 말았다는 이야기였다.

"그렇게 직접 고백하면 거절할 수가 없잖아."

그리고 잠시 내 쪽을 돌아보고는 우는 얼굴을 보여주기 싫다는 듯이 내 가슴에 얼굴을 묻었다. 양팔을 내 등에 두르며 몸을 끌어당겼다. 그러고는 자신의 턱을 내 어깨에 걸치고는 귓가에 속삭이듯 말했다.

"나도 하시바 씨, 아니… 토오루가 좋아."

그 말을 들은 나는 자연스레 그녀의 가냘픈 등을 끌어안았다. 이렇게 해서 나와 사키는 연인 사이가 되었다.

다만 그때 순간적으로 보였던 그녀의 표정을 더 자세히 관찰해서, 그 눈물이 기쁨의 의미가 아니었음을 알아챘다면 무언가가 바뀌었을지도 모르겠다.

*

아침에 일어나서 세수를 하고 밥을 먹는, 평소와 똑같은 과정을 거치는 것만으로도 마음은 상쾌했다.

나답지도 않게 입꼬리가 자꾸 올라갔다. 거울 앞에서

이런 얼빠진 표정을 짓는 사람이 바로 나라는 걸 순간적으로 이해하지 못했을 정도였다.

여자친구가 생겼다.

히나타 사키라는 이름의, 조금 화려하면서도 나에게는 과분할 만큼 매력적인 사람이다.

머릿속 구석구석까지 사키의 존재가 어른거리며 자꾸만 유쾌한 생각이 떠올랐다.

하지만 역시 과거에 대한 죄책감까지는 씻어낼 수 없다. 내가 이런 행복을 느껴도 괜찮을까? 들뜬 가운데서도 그런 생각이 찌꺼기처럼 남아 머릿속을 떠나지 않았다.

내가 겪은 일들과 뿌리 깊은 죄책감을 전부 그녀에게 털어놓을까도 생각했다. 궁상맞은 남자라고 날 피하려나. 하지만 호감과 죄책감을 양립시키며 그녀를 만날 수 있을 만큼 난 요령 좋은 인간이 아니었다.

예전처럼 학교 음악실로 갔다. 오늘은 내가 먼저 사키를 불러냈다. 약속 시간보다 조금 일찍 도착했지만 누군가가 있을지도 모른다는 생각에 일단 문을 노크했다.

"……."

몇 초 기다려도 대답이 없었기에 내가 먼저 온 거라고 판단하며 문을 열었다.

"우왓!"

음악실에 들어서자마자 제일 먼저 보인 것은, 누군가를 위협하려는 듯이 양팔을 쭉 뻗은 자세의 사키였다. 아무래도 일찍 와 있었던 모양이다.

"……."

"……."

침묵을 지키고 있자 그녀의 뺨이 서서히 붉어졌다. 천천히 자세를 천천히 푼 사키는 결국 고개를 돌렸다.

"무슨 말이든 해봐!"

왜 갑자기 화를 내는 걸까.

"이미 와 있었구나."

"당연히 와 있었지!"

"뭘 하는 거야?"

"놀라게 하려고 했어! 보면 알잖아!"

괜히 나한테 화풀이였다.

"왜 날 놀라게 하려던 건데?"

"그야, 사귀기로 하고 첫 데이트가 음악실이잖아. 그런 재미없는 남자친구를 조금이라도 놀라게 해주려고 미리 와서 기다리고 있었는데, 반응이 그게 뭐야."

"아, 그건… 미안."

사키에겐 첫 데이트 장소로 학교를 고른 것처럼 보였던 걸까. 그렇다면 전적으로 나의 잘못이다. 사려 깊지 못하게 내 입장만 생각했던 걸 반성했다.
"그런데 왜 하필 놀라게 하려던 거야?"
"…인터넷에서 여친이 남친을 깜짝 놀라게 하는 걸 보고, 재미있을 것 같았거든."
사키 나름대로 날 연인으로 대하려고 한 것 같다. 그렇게나 들떴으면서도, 난 사키의 남친으로 뭘 해야 할지 생각해본 적이 없었다. 그런 나 자신이 부끄러울 따름이다.
"뭐, 어차피 토오루는 반응이 시원찮을 줄 알았어."
사키는 토라진 듯 고개를 홱 돌리며 말했다. 그 모습이 너무나 사랑스럽게 보여서 웃음이 새어 나왔다. 그리고 일부러 의식해서 내 이름을 불러주고 있다는 것도 느껴졌다. 그런 나를 보며 그녀는 입을 더욱 비죽 내밀며 눈도 마주치지 않으려 했다.
"미안, 미안. 이름으로 불러주는 게 기뻐서."
"이름?"
"응, 토오루라고. 남자친구라는 걸 의식하면서 불러주는 것 같았거든."
어제 내가 고백했을 때도 이름으로 불러주었다. 분명

그때부터 우리의 관계가 시작된 것이리라.

"그런 건 굳이 말 안 해도 돼."

"그래도 너무 기뻤거든."

"아~ 참 좋으셨겠네요~."

말은 그렇게 해도 사키의 입가에 미소가 맺혀 있는 걸 난 놓치지 않았다. 사키의 표정에서는 이미 오디션에 탈락했을 때의 어둠은 느껴지지 않았다. 전혀 신경 쓰지 않는 듯 보일 정도였으니까, 나도 굳이 먼저 언급하진 않기로 했다.

"사키에게 꼭 하고 싶은 말이 있는데 그 이야기를 하려면 차분한 곳이 좋을 것 같길래 여기로 고른 것뿐이야. 그러니까 첫 데이트로 세지 않아도 돼."

"아니, 이유가 어쨌든 토오루가 먼저 보자고 한 거잖아. 그럼 이건 데이트야."

"고집도 세네……."

조용히 중얼거리자, 사키가 날카로운 시선을 보냈다.

"다 들리거든? 그러면 돌아가는 길에 어디 들렀다가 가. 가볍게 방문해도 괜찮으니까. 그렇게 해주면 얌전히 이야기를 들을게."

이러면 내가 아니라 사키가 먼저 데이트를 신청한 게

될 듯했지만, 굳이 신경 쓰지 않기로 했다. 사키의 제안을 거절할 이유는 없었으니까.

"알았어. 그럼 내 이야기를 들어줘. 그리고 어떤 생각이 드는지 말해줘. 만약 헤어지고 싶다는 생각이 들면, 그것도 꼭 솔직히 말해줬으면 해."

사키는 피아노 의자에, 나는 창틀에 걸터앉았다.

"사귀기로 한 다음 날에 헤어지느니 어쩌느니 하는 건 생각하기도 싫어. 어중간한 감정으로 사귀는 거 아니니까 괜찮아. 토오루는 나를 좀 더 신뢰해야 할 것 같아."

사키의 단호한 말을 듣고, 나는 내가 끌어안은 감정과 경험을 털어놓기 시작했다.

"고마워. 그럼 들어줘."

입 밖으로 꺼내는 것조차 힘든 나의 경험을, 나는 기억하는 범위에서 최대한 자세히 이야기했다. 누구에게도 털어놓지 못했던 이 이야기를 가장 소중한 사람에게 할 수 있다니. 왜인지 모를 안도감이 느껴졌다.

"난 2년 전에 교통사고를 당했어. 그때……."

사키는 침통한 얼굴로 내 이야기를 들어주었다. 2년 전에 교통사고를 당했던 것, 그 사고로 여동생인 시즈쿠가 사망한 것, 그 뒤로 가족들이 서로에게 냉담해진 것. 그리고 사고 때 여동생을 구하지 못한 것을 계속 후회하고 있다는 것과 시즈쿠가 경험해야 했을 일들을 나만 누린다는 사실에 죄책감을 느낀다는 것까지.

그런 것들을 전부, 전부 이야기했다.

"……."

이야기를 다 들은 사키는 아무 말도 하지 않고 내 앞으로 오더니 조금도 주저하지 않고 나를 끌어안았다.

말은 없었다. '힘들었겠네.' 하는 동정의 말도, '이제부턴 내가 있잖아.' 하는 위로의 말도 없었다. 그녀는 알고 있는 거겠지. 형식적인 말은 바라지 않는다는 것을.

사키는 포옹한 채로 내 머리카락을 빗기듯이 머리를 쓰다듬어주었다. 나보다 어린 여자친구한테 안긴다는 게 어색하다는 생각도 들었지만, 저항할 수 없을 만큼 포근했다. 마음이 안쪽에서부터 따뜻해지는 듯한 느낌이 낯간지러우면서도 너무나 편안했다.

"그럼 토오루는 지난 2년 동안 친구들과 놀러 가거나 사랑 같은 걸 하지도 않았다는 거야?"

그녀는 나를 놓아주면서 그렇게 물었다.

"그런 셈이지. 후자의 경우는 2년 동안만이 아니라 평생 경험이 없었지만."

"그래……. 사랑을 해본 적이 없었구나."

조금 쓸쓸하다는 듯 말했다. 사키에게는 이 나이가 되도록 사랑을 해본 적이 없다는 게 안타까워 보였는지도 모른다.

"그럼 사키는 사랑을 해본 적이 있었어?"

이런 질문을 해봐야 허무해질 뿐이라는 건 알았지만, 물어보지 않을 수 없었다.

"음, 뭐, 있긴 있었어. 하지만 토오루가 상상하는 것만큼 제대로 된 연애는 해본 적 없어. 보기보단 연애 경험이 없는 편이거든."

사키는 그렇게 말했지만, 낙담하지 않을 수 없었다. 내 기분을 알아챘는지 사키는 조금 장난스럽게 웃었다.

"안심해. 내 첫 남친은 토오루니까."

달콤하게 울리는 듯한 말이었다.

"내 이야기를 듣고도 싫다거나 헤어지고 싶다는 생각은 안 들어?"

"헤어질 이유는 못 돼. 하지만 연인으로서 앞으로 어떻게 대처해 나가야 하나 생각하면 조금 고민은 되네."

과거에 대한 내 죄책감이 문제였다. 어떻게 해야 내 죄책감을 자극하지 않고 연애할 수 있을까.

"다음에 여동생을 소개해 줘. 어떤 아이였는지 알고 싶어."

"앗."

사키의 진지한 말은 내 예상을 훨씬 뛰어넘는 것이었다.

"싫다면 어쩔 수 없지만. 토오루가 그렇게 소중히 생각하는 여동생이면 궁금해지는 게 당연하잖아."

"소중히… 생각하는…?"

"그렇잖아? 소중히 여기는 게 아니면 그런 죄책감은 안 느낄 테니까."

소중히라……. 내가 품은 죄책감을 그런 방향으로 생각해 본 적은 없었다. 나로서는 생각지도 못한 가능성을 제시해 주는 것 같아 신선하면서도 기뻤다.

사키는 그 이상은 말하지 않았다. 내 이야기를 듣고 특별히 생각하는 부분이 있을 수도, 없을 수도 있다. 하지만 모든 걸 털어놓은 게 부정적으로 작용한 것처럼 느껴지진 않았기에 내심 가슴을 쓸어내렸다. 그 뒤에 사키는 자연스럽게 잠시 피아노를 치더니 만족했는지 장소를 바꾸자고 제안했다.

학교에서 나와 잠시 걷자, 차분한 분위기의 패스트푸드 가게가 보였다. 사키가 들뜬 것처럼 "여기 들어가자."라고 말했기에 순순히 따르기로 했다. 간단하게 메뉴를 주문하고서 가게 안쪽의 구석진 자리로 이동했다. 나는 전철이든 가게든 교실이든 간에, 사람과 최대한 마주치지 않아도 되는 자리를 선호하는 편이다.

"그럼, 이렇게 학교에서 돌아오는 길에 다른 사람과 밥도 먹으러 가지 않는 거야?"

"응. 꽤 오랜만이야."

누군가와 패스트푸드를 먹으러 오는 것 자체가 2년 만이었다. 원래부터 친구가 많은 편은 아니었지만, 그래도 함께 식사할 상대는 있었다.

"응, 응. 내가 토오루와 이제부터 함께 하려는 게 이런 일들이야."

"이런 일들?"

무의식중에 고개를 갸웃거리며 사키의 말을 되뇌었다.

"지금까지 죄책감 때문에 하지 못했던 일들을 나랑 같이하는 거."

그녀의 말에 가벼운 현기증을 느꼈다.

그건 죄책감을 품고 가는 게 아니라 똑바로 마주 보자

는 의미일 것이다. 내가 2년 동안 시도하지 못했던 일을 그녀는 서슴없이 말했다. 이런 사람을 내가 어떻게 당해 낼 수 있을까. '내가 있으니까 괜찮아.' 그녀의 눈동자가 그렇게 말해주고 있어서 진심으로 든든하게 느껴졌다.

"이제부터 나하고 같이 '인생의 청산'을 하자."

"인생의… 청산…?"

"그래, 토오루가 끌어안은 죄책감을 이제부터 하나씩 받아들이는 거야. 토오루의 과거와 엮인 장소에 가서 청산하는 거지. 그렇게 전부 받아들일 수 있게 되면……."

사키는 거기서 잠시 말을 끊었다가 다시 입을 열었다.

"그때부터 다시 사귀는 거야. 토오루의 죄책감을 극복한 뒤에야 진정한 의미의 연인이 될 수 있을 거라고 생각하거든."

"사키……."

"어려운 일을 함께 극복하지 못하는 여자친구가 무슨 소용이야? 아니, 나 스스로 그런 건 인정 못 해. 난 그걸 극복한 뒤에야 내가 토오루의 여자친구라는 걸 인정할 수 있을 것 같아."

이 정도로 강한 의지를 보이는 것에 놀라지 않을 수 없었다. 사키는 진심으로 나를 걱정하면서 힘이 되어주려

하고 있었다. 그 사실이 견딜 수 없이 기뻤다.

"그러니까 그때까지 나랑 토오루는 가계약 관계야. 연인으로서의 가계약."

"가계약이라……."

"그래. 나도 할 수 있는 일은 할 테니까, 토오루도 이제는 도망치지 마?"

쉽게 말해 이제부터는 죄책감이 고개를 드는 순간마다 거기서 눈을 돌리지 말라는 의미였다. 도망치고 싶어질 만큼 힘든 난관이고, 난해한 퍼즐 조각을 하나씩 맞춰나가는 것처럼 어려운 일일 테지만, 사키가 옆에서 그 퍼즐 조각을 같이 찾아준다면 해낼 수 있을 것 같은 기분이 들었다.

"알았어. 절대 도망치지 않을게."

사키가 날 깊이 걱정해 주고 있으니까, 시작하기도 전부터 도망치지 말자. 똑바로 마주 보자, 그렇게 결심하며 나는 고개를 끄덕였다.

집으로 돌아오자 정적이 나를 맞이했다. 평소와 똑같았다. 시즈쿠를 잃은 뒤부터 부모님은 먼 곳으로 출장 가는 일이 많아졌다. 그래서 나까지 외출하면 집안은 빈껍데기가 되고 만다. 어쩌다 부모님이 맞아주실 때도 있긴 하지만 늘 돌발적이었고, 예전에 비해 어딘가 데면데면한 느낌도 들었다.

집에 홀로 있으면 가족 모두 뿔뿔이 흩어져 버렸다는 사실이 나를 덮쳤다. 죄책감도 더 부풀어 올랐다. 하지만 이런 감정도 똑바로 마주해야겠지. 시즈쿠의 사진 앞으로 다가가서 짧게 말을 건넸다.

"내가 행복해지려고 해도 괜찮을까……."

그 말에 대한 대답은 당연히 돌아오지 않았다. 죄스러웠다. 죽은 시즈쿠를 내버려둔 채 나만 행복해지려고 해도 되는 건가? 그런 생각에 단단히 사로잡혀 쉽게 벗어날 수 있을 것 같지 않았다.

내가 행복을 추구하려는 건 과연 최선의 선택이라 할 수 있을까?

목욕물을 받기도 귀찮아서 샤워만 한 다음 내 방 침대에 몸을 뉘었다. 천장의 한 점을 응시하면서 아까 사키에게 들었던 말을 떠올렸다.

연인으로서의 가계약.

그동안 끌어안고 살았던 문제들을 나 스스로 받아들일 수 있게 될 때까지, 사키는 자기가 여자친구라는 걸 인정할 수 없다고 했다. 엄청나게 무거운 짐을 짊어지게 한 것 같다. 그래도 그녀는 같이 있겠다고, 내 옆에 있어 주겠다고 말했다. 늘 곁에 있을 거고, 필요한 일이라면 뭐든 하겠다고. 그런 위험한 느낌이 드는 약속까지 해주었다. 날 위해서라면 얼마든지 헌신하겠다고 말해주는 것 같아서, 그게 나라는 인간을 긍정해 주는 것 같아서 기뻤다.

그때 사키가 말했던 또 하나의 이야기를 떠올렸다. 그걸 메모해 두려고 휴대폰을 꺼내자, 마침 메시지가 도착해 있었다.

✉ 혹시 잊어버렸을까 봐 한 번 더 말할게. 과거를 청산하려면 후회되는 일이 무엇인지는 꼭 생각해 둬야 할 것 같거든. 그러니까 대략적으로라도 좋으니 후회되는 일을 목록으로 작성해 줘.

사키는 늘 어려운 요구를 한다. 내가 신중하게 선택하고자 노력한다고 해도, 역시 후회스러운 일을 세어보면 열 손가락으로는 부족했다. 지금도 깊이 후회하는 일이 잔뜩 있었으니까.

하지만 꼭 필요한 일이라고 생각하면서, 나는 지금도 기억에 남는 후회를 몇 가지 정리해서 메모해 두었다.

♩♪ 간주 – 죽은 왕녀를 위한 파반느 ♩🎵

 화목한 가정은 아니었지만, 그래도 부모님과의 추억은 있었다. 그 몇 안 되는 추억 중에서 유일하게 부모님과 나까지 셋이서 외출했던 곳이 있다. 그곳은 나에게 가장 큰 추억의 장소가 되었다.

 눈앞이 노란색으로 가득 물든 해바라기 밭. 그게 내 추억의 장소였다.

 '여기가 네가 태어난 곳이란다.'

 엄마는 그렇게 말했다. 당시의 나로서는 의미를 이해하지 못했지만, 어쩌면 '우리 집에 네가 머물 곳은 없어.' 하고 부모로서 결별의 말을 꺼낸 건지도 모른다. 부모님은 그날부터 내 이름을 부르지 않게 되었다.

 그래도 내 기억에 보관된 추억 중에서는 가장 찬란히 빛나는 장소였다. 부모님이 자발적으로 나를 데려가서 시간을 공유해 주었기에 여기는 멋진 장소라는 인식이 생겨난 것이다.

 나중에 그 해바라기 밭에 다시 가고 싶다고 졸랐던 적이 몇 번인가 있었지만, 한 번도 내 바람을 들어준 적은 없었다. 결국 다시 그곳을 찾은 건 전철 이용법을 배우고 혼자서 어느 정도 돌아다닐 수 있는 나이가 된 뒤였다.

아마도 나는 이곳을 내 기억 속 최고의 장소로 계속 기억하고 싶어서 그를 데려가기로 한 것 같다.

기억이 각색되고 풍화되어 그 장소가 싫어지기 전에, 그와의 시간으로 추억을 덧칠해서 특별한 장소로 쭉 남겨 두고 싶었던 거겠지.

아침 여덟 시, 약속 시간을 말해 두지 않았기에 그가 언제 와도 만날 수 있도록 일찌감치 동네 역으로 향했다.

그가 과연 와줄까? 온다고 하더라도 시간 낭비를 했다고 생각하진 않을까? 내 평소 모습을 보고 실망하진 않을까? 오늘 입은 옷이 이상해 보이지는 않을까? 그런 걱정이 뇌리에서 소용돌이치는 바람에 불안했다. 하지만, "기대되네." 하고 나도 모르게 중얼거렸다.

"뭐가 기대되는데?"

그리고 어느새 눈앞에 그가 있었다.

"…!"

"많이 기다렸니?"

조금 걱정스럽게 내 표정을 살피는 그. 평소에도 잔뜩 움츠리고 다니는 나는 그의 시선에 고개를 푹 숙이고 말았다. 어쩌지? 어쩌지? 그가 지금 눈앞에 있다. 내 일방적인 부탁을 듣고 만나러 와준 것이다. 약속 시간도 정하지 않았는데, 이렇게 일찍 와줄 줄이야. 아아, 무슨 대답이든 해야 할 텐데.

"저기, 아니에요. 방금 왔거든요."

나도 참, 꼭 데이트 상대를 기다리던 사람처럼 말하고 있네. 혼자 그런 생각을 하며 부끄러워했다.

소용돌이치던 불안은 금세 긴장과 동요로 바뀌며 내 가슴속을 더 엉망진창으로 헤집었다.

"그럼 다행이고. 사실 약속 시간이 도저히 기억나지 않아서, 기다리게 할까 봐 일찍 와본 건데. 이렇게 이른 시간에 보기로 했던가?"

"아뇨, 저기, 미안해요. 언제 만날지 말한다는 걸 깜빡해서……."

"그랬구나. 그럼 나처럼 일단 빨리 나온 거구나?"

"네, 네……."

그는 내 대답을 듣고 재밌다는 듯 웃었다. 그 미소가 오직 나를 향한 것이라 생각하면 가슴 안쪽에서 형용할 수 없는 행복감이 솟구쳤다.

"오늘은 어디에 가려고 만나자고 한 거야?"

제4장 짧은 잠의 기억

"저기… 그게…….."

"도착할 때까지 비밀이야?"

"…그렇게 해도 될까요?"

"재밌네. 좋아."

이런 식으로 그의 배려심을 접할 때마다 내 마음이 가득 채워지는 듯한 충족감을 느꼈다. 그가 만드는 소리는 늘 나를 가득 채운다. 그의 피아노는 나의 일상을 채워주었고, 그의 목소리는 내 마음을 채웠다. 분명 이런 감정을 사랑이라고 하는 거겠지.

"그럼 갈까?"

그와 함께 전철에 탔다. 상행 전철은 학생과 회사원으로 가득했지만, 그에 비해 하행 전철은 승객이 거의 없어서 열차 하나를 우리가 전세 낸 듯한 상태였다.

"도심 쪽이 아닌 거구나."

"네, 조금 먼 곳이에요."

그와 조금 떨어진 채로 의자에 앉았다. 천천히 출발한 전철은 승객이 적어서인지 평소보다 느릿하게 움직이는 것 같아서, 이 전철도 방금 깨어나서 잠에 취한 건가 하는 생각을 했다.

전철을 두 번 갈아타고 버스도 거친 뒤에야 겨우 목적

지에 도착했다. 하지만 그와 함께한 것만으로도 평소보다 꽤 빨리 도착한 느낌이 들었다.

"꽃밭?"

그의 물음에 고개를 끄덕여 보였다.

"해바라기 밭이에요."

"여름답다는 느낌이어서 좋은데?"

어쩌면 남자들은 꽃밭 같은 것에 관심이 없을지도 모르지만, 그는 싫은 기색 하나 없이 즐거운 듯 눈을 반짝였다.

"저한테는 특별한 장소거든요. 언젠가 특별한 사람과 같이 오고 싶다고 생각했어요."

말을 꺼내며 아차 싶었다. 이런 말도 안 되는 말실수를 하다니. 고백을 받았다고 받아들여도 이상할 게 없다.

"그랬구나. 그러면 마음껏 즐겨야겠네."

하지만 그는 아무렇지 않은 듯 그렇게 말했다. 내 마음을 다 알면서도 일부러 모른 척하는 걸까? 아니면 전혀 눈치채지 못한 걸까?

그는 키 큰 해바라기가 몇천 송이나 늘어선 장대한 광경에 압도당하고 있었다. 햇빛을 갈구하듯 일심불란하게 하늘을 올려다보는 꽃들은 여름 더위를 만끽하는 것처럼도 보였다.

"멋지다!"

그렇게 말하며 해바라기 사이를 뛰어다니는 명랑한 모습은 피아노를 연주할 때의 섬세한 모습과는 너무 달라서, 그의 다른 면을 알게 됐다는 사실이 기뻤다.

한차례 뛰어다니고 나서 얼굴이 땀과 피로로 물든 그에게 매점에서 사온 라무네*병을 건네자, 고맙다는 말과 함께 단숨에 비워 내고 말았다.

빈 병 안에서 유리구슬이 딸깍거리는 소리를 냈다.

"라무네도 여름 같지."

그렇게 말하며 한숨 돌리는 그를 바라보았다. 라무네를 마실 때 꿀렁이던 목, 셔츠를 걷어 올린 팔, 나보다 넓은 어깨에 조금 큰 키. 이성으로 느껴지는 요소를 하나씩 발견할 때마다 내 몸의 중심이 흔들리는 듯한 느낌이 들었다.

가볍게 식사한 뒤에 둘이서 빙수를 먹고, 그가 말하는 '여름'을 만끽하며 해바라기에 둘러싸인 공간으로 다시 돌아왔다. 어느새 해가 저물고 있었다. 머리 위에서 뜨겁게 내리쬐던 태양은 서쪽으로 기울자마자 빨간 동그라미

---

* 일본의 대중적인 탄산 소다 음료. 병 안에 유리구슬이 들어 있는 게 특징이다.

로 바뀌어 우리의 세계에 포근함을 전해주는 것만 같았다.

그에게도 즐거운 시간이었을까? 그렇게 생각한 순간, 그가 똑같은 말을 꺼냈다.

"오늘, 즐거웠어?"

"앗…?"

"난 말이지, 친구가 별로 없거든. 그런 내가 여자애랑 단둘이 놀러와서 잘할 수 있을지 걱정스러웠어."

"아뇨, 그런……. 저는 무척 즐거웠어요. 오히려 저야말로 이런 곳에 저랑 둘이 와서, 만약 즐겁지 않으면 어쩌나 걱정돼서……."

"즐거웠어. 평소엔 피아노 앞에만 앉아 있고 외출은 거의 하지 않아서, 이런 곳이 있다는 것 자체를 몰랐거든. 알려줘서 고마워."

차분한 그의 말과 석양이 내 마음에 색을 입혔다. 지금까지 사람들에게 계속 달아걸기만 했던, 아무 색도 없었던 내 마음이 지금 그에 의해 사랑이라는 색으로 물들고 있었다. 행복하다고 생각했다. 그리고 앞으로도 이런 행복을 느끼면 좋겠다고 생각했다.

나머지 용기는 충동이 메꾸었다.

"생각나지 않을지도 모르겠지만, 전에 피아노를 배운

적이 있어요."

"기억해."

"저는 그 덕분에 많이 바뀌었어요. 하루하루가 즐거워지고 친구도 생겼거든요."

그는 희미하게 미소 지으며 내 말에 귀를 기울이고 있었다.

"저기, 그러니까 일단 고맙다는 말을 하고 싶어요."

"천만에."

하지만 내가 꼭 하고 싶은 말은 그게 아니었다. 좀 더 깊게, 내 중심까지 뿌리내려 크게 응어리진 감정을 털어놓고 싶었다.

"그래도, 그래도요. 단지 고맙다는 게 아니라, 저기……."

말해버리자. 더는 견딜 수 없다. 이 답답한 감정을 전부 쏟아내자. 그렇게 생각하며 두 손을 꼭 말아 쥐고 고개를 푹 숙인 채로 말했다.

"좋아해요…!"

의외로 쉽게 나온 내 말이 해바라기 밭에 울려 퍼졌다. 그 말은 꽃과 꽃 사이를 지나 멀리까지 닿은 다음 바람에 지워졌다. 그런 느낌이 들었다. 바람이 스쳐 지나가자 정적이 내려앉았다.

그의 얼굴을 바라보기가 두려웠다. 어떻게 생각하고 있을까? 눈을 질끈 감고, 주먹 쥔 손에 더욱 힘을 주었다. 손바닥에 손톱이 파고들며 통각이 경종을 울려댔다.

"히나타 사키."

그의 입에서 흘러나온 건 내 이름이었다. 그에게는 한 번도 말한 적 없는 내 이름.

"앗……."

놀란 나머지 눈을 뜨고 그를 바라봤다.

"해바라기가 핀다는 뜻의 이름을 가진 아이가 땅을 보면 안 되잖아."

그는 주위에서 하늘을 올려다보는 해바라기를 가리키며 그렇게 말했다.

"어떻게 제 이름을…?"

"사람들에게 물어봐서 알아내려고 할 만큼은 나도 히나타 씨에게 관심이 있었으니까."

석양에 물든 그의 표정은 평소보다도 훨씬 다정한 미소를 짓고 있었다.

"솔직히 연인이라느니 사귄다느니 하는 건 잘 모르겠지만, 그래도 난 너에 대해서 더 잘 알고 싶어."

그건 내가 무엇보다도 바라던 말이었다. 누구에게도

관심을 받지 못했던 내가 가장 동경하고 좋아하게 된 사람에게 알고 싶다는 말을 듣게 되다니.

"날 좋아한다고 말해줘서 기뻐. 그러니까 앞으로도 이렇게 같이 어디든 가자. 괜찮다면 이걸 받아줬으면 해."

그는 "아까 매점에서 산 거지만." 하고 어떤 물건을 내게 건넸다.

"어, 어……."

말로 표현하기 힘든 기쁨이 솟아올랐다. 걷잡을 수 없었다. 털어놓기만 하면 이 커다랗고 다루기 힘든 감정이 어떻게든 해결될 줄 알았는데, 상대방이 마음을 받아주자 더욱 커다랗게 부풀어 오르는 것만 같았다.

기쁨과 쑥스러움, 그리고 석양 탓에 새빨갛게 물든 내 얼굴을 숨기려고 나는 그의 품에 뛰어들었다. 뛰어들면서 키스를 했다. 그는 그것을 거절하지 않았다.

그가 준 것은 해바라기 모양의 귀걸이였다. 아마 귀찌와 착각한 거겠지. 아직 중학생인 내 귀에는 당연히 구멍이 뚫려 있지 않았고, 그래서 고등학교 입학 직전의 봄방학에 귀를 뚫는 건 이미 기정사실이나 마찬가지였다.

그가 그때 착각해서 귀걸이를 선물해 주었으니까, 그

뒤로 내 차림은 화려해졌다. 그것도 전부 귀걸이가 잘 어울리게 하기 위해서였다.

하지만 그렇게나 내게 큰 영향을 주고, 귀걸이와 귀찌도 구분하지 못할 만큼 얼빠진 구석이 있는 그와 다시 어딘가로 놀러 나갔던 적은 그 뒤로 단 한 번도 없었다.

제5장

꿈만 같은 나날

8월 10일

"왜 이런 곳에 온 거야……."
"그렇게 긴장하지 않아도 돼."

사키에게 끌려가듯 향한 장소는 2년 전까지 다녔던 피아노 교실이었다.

결국 그녀가 시키는 대로 후회가 남은 장소를 목록으로 만들어 메시지를 보내자, ✉ 내일부터 여기저기 많이 돌아다닐 테니까 준비해 둬. 라는 답장이 돌아왔다.

그녀가 말한 청산이란, 과거의 후회를 마주 보고 있는

그대로 받아들이는 걸 의미한다고 한다. 과거를 받아들여야만 비로소 지금과 마주할 수 있는 거라고도 말했다. 빨리 과거를 청산하고 자신을 마주해 달라는 뜻인 것 같아서, 나답지도 않게 그녀를 위해서라면 노력해 볼까 하는 마음이 들었다.

하지만 오랫동안 방문하는 것조차 망설였던 장소를 제일 먼저 선택한 사키의 엄격함에는 한숨이 새어 나왔다.

2년 전까지, 10년 가까이 쭉 다녔던 피아노 교실. 지금까지의 나는 이 피아노, 그리고 그 뒤에 경험한 후회로 만들어진 인간이라고 해도 될 것이다. 이런 말을 들으면 사키는 분명 마음에 안 든다는 얼굴로 '지금도 앞으로도 내가 있잖아.' 하고 말할 것 같지만. 곁눈질로 그녀를 살피려다가 눈이 딱 마주쳤다.

"뭐, 뭔데."

"내가 있잖아."

놀랍게도 그녀는 내 생각을 읽기라도 한 것처럼 정말 마음에 안 든다는 듯 입술을 비죽 내밀며 말했다.

"너한테는 초능력이 있었던 거야?"

"아닌데."

"그럼, 뭐야."

"토오루의 여자친구."

"……."

난 아무래도 그녀를 당해내진 못할 것 같다. 달아오르는 얼굴과 쑥스러움을 숨기며 평정을 가장했다.

이런 식으로 누군가와 경쾌하게 대화를 나눌 수 있다는 것에 놀라면서도, 그만큼 사키에게 마음을 열게 되었다는 사실이 견딜 수 없이 기뻤다.

"왜 히죽거려?"

"사키의 남자친구가 된 게 기뻐서 그렇지."

솔직하게 대답하자…….

"내가 더 기쁘거든?"

그렇게 받아치며 고개를 홱 돌려버렸다. 그 모습이 왠지 귀여워서 피식 웃어버렸고, 이내 서로를 바라보며 큰 소리로 깔깔거렸다. 이토록 달콤한 감정을 느끼게 될 줄은 전혀 몰랐으므로 조금 동요하고 있긴 하지만, 그래도 행복했다. 행복이란 게 이렇게 낯간지러운 거구나 싶었다.

그러는 사이 목적지인 피아노 교실이 가까워졌다. 피아노 교실이라고 해봐야 선생님의 자택이지만, 거기서 들려오는 희미한 피아노 음색이 지금은 긴장감을 동반한 중압감으로 느껴졌다.

시즈쿠가 죽은 당시에 반쯤 도망치듯 그만두고 나서 한 번도 와본 적이 없었다. 그런 식으로 끝냈다는 게 계속 마음에 걸렸기에 후회되는 일로 꼽았으나 선생님도 굳이 나와 만나고 싶어 하진 않을 것 같아서 발걸음이 무거워졌다.

"자, 가자."

사키가 앞장서 주는 게 무척 든든했지만 미리 연락도 하지 않고 갑자기 밀어닥치는 게 마음에 걸렸다. 게다가 레슨 중이라면 만나지 못할 수도 있었다. 내가 이런저런 핑계를 떠올리고 있자, 사키는 못 견디겠다는 듯 인터폰으로 손을 가져다 댔다.

"잠깐만!"

내가 저지하든 말든, 그는 버튼을 눌러버렸다. 이윽고 "네." 하고 온화한 여자의 목소리가 들려왔다.

"자, 토오루."

인터폰 카메라 앞으로 등을 떠밀려서 어쩔 수 없이 입을 열었다.

"하시바 토오루… 입니다……."

자신 없는 내 목소리가 전해진 순간, 인터폰 너머로 숨을 멈추는 듯한 기척이 느껴지더니 "잠깐만 기다려줘."

하고 다급한 목소리가 들려왔다.

역시 갑자기 찾아오는 게 아니었다고 반성하면서 모든 일의 발단인 사키를 바라보았다. 그녀 역시 무슨 생각에 잠긴 듯이 심각한 표정을 짓고 있었다.

몇 분 뒤, 문이 열렸다. 모습을 드러낸 건 내가 기억하는 모습과 크게 다르지 않은 40대 중반의 품위 있는 여성이었다. 선생님은 내 모습을 확인하자마자 감정이 북받친다는 듯 자신의 손을 입가로 가져가며 놀란 표정을 지었다. 그리고 종종걸음으로 내 앞까지 다가와서 그대로 날 끌어안았다.

"정말로 토오루구나……."

가까이서 들려오는 선생님의 옥구슬 같은 목소리. 그리운 그 목소리는 울음기로 젖어 있었다.

"네."

"계속 걱정했단다."

"네……."

그제야 나도 선생님의 등에 팔을 둘렀다.

날 걱정해 주었다는 사실이, 걱정을 끼쳤다는 사실이 너무나 뼈아프게 느껴졌다.

"잘 지냈니…?"

"…네."

포옹을 끝내자 조심스럽게 내 안부를 물어왔다. 선생님은 내게 무슨 일이 있었는지 어느 정도는 알았기에 어디까지 언급해야 좋을지 몰라 난감해하는 것 같다.

선생님은 어린 시절부터 부모님만큼이나 많은 시간을 함께 보낸 사람이었다. 날 걱정한 것도, 내가 계속 마음에 걸렸던 것도 제2의 가족처럼 생각했기 때문일 것이다.

말이 나오지 않았다. 무슨 말이든 해야 한다는 건 아는데도 입이 좀처럼 열리지 않았다. 과거를 마주하는 것도, 선생님을 마주하는 것도 너무 두려웠다. 여기 왔다는 게 후회되기 시작했다. 대체 무슨 염치로 왔나 싶었다. 나도 모르게 한 걸음 뒷걸음질 쳤다. 그때였다.

"…앗."

내 등을 밀어주는 손이 있었다. '혼자가 아냐.'라고, 그런 의미가 담긴 따뜻한 손바닥이 나를 밀어줬다.

살짝 뒤를 돌아보니 등을 밀어주던 사키는 한 번 더 '괜찮아.'라고 말하듯 힘 있게 고개를 끄덕여 보였다.

그래, 사키가 있다면 난 괜찮을 거야. 마음속으로 중얼거리며 입을 열었다.

"제 여동생……. 시즈쿠에 대한 건 들으셨죠?"

"어, 어어."

내가 이 주제를 최대한 피하려 한다는 것까지 알고 있었는지, 선생님은 내 말에 더욱 놀라는 표정을 지었다.

"하늘이 원망스러웠어요. 왜 그런 일이 생긴 건지 아직도 이해가 안 되고, 분명 앞으로도 계속 후회하면서 살아갈 거라고 생각해요."

선생님은 내 이야기를 묵묵히 들어주었다. 그래서 그대로 말을 이었다.

"지금도 시즈쿠에 대해 이야기하는 것조차 괴로울 만큼 후회하고 있지만……. 그래도 이렇게, 지금까지 신세를 졌던 분께 인사하고 근황 보고를 하러 올 수 있게 됐네요."

내 말을 듣고 다시금 눈시울이 촉촉해진 선생님은 손가락으로 눈가를 닦으면서도 "그래, 그래." 하고 기쁜 듯이 고개를 끄덕였다.

"그리고 그렇게 생각할 수 있게 도와준 것도, 오늘 여기에 오자고 제안해 준 것도 이 아이예요."

나는 그렇게 말하며 살짝 옆으로 물러나 나의 뒤에 서 있던 여자아이를 소개했다. 선생님의 시선을 따라 등 뒤를 돌아보자, 갑자기 주목의 대상이 되어 살짝 놀란 듯한 그녀가 보였다. 그녀는 이내 평정심을 되찾더니 선생님의 시선을 가만히 받아냈다.

"토오루의 친구니?"

평소라면 사키가 대답했겠지만, 지금은 내가 바로 대신 답변했다.

"아뇨, 제 여자친구예요."

그리고 그 순수한 대답에 선생님은 오늘 본 것 중에서 가장 기쁜 표정을 지었다. 다정하고 자애롭게 미소 짓는 선생님의 얼굴은 그 시절 그대로였고, 눈가에 생겨난 주름이 그 인품을 말해주고 있었다.

"제 이야기를 처음으로 들어주고, 여기까지 이끌어준 여자친구입니다."

내 소개에 그녀는 고개를 꾸벅 숙이며 "토오루와 사귀는 히나타 사키라고 합니다."라고 자기소개를 했다. 마치 남자친구의 부모님을 만난 것처럼 긴장하는 모습이었다. 내겐 가족이나 다름없는 분이니까 그럴 만도 했다.

미소 지으며 고개를 끄덕인 선생님은 "히나타 사키 양, 그래……." 하고 뭔가 납득한 듯 중얼거렸다.

"내 정신 좀 봐, 너희를 계속 세워뒀네. 어서 들어오렴."

"괜찮습니다. 인사하러 온 것뿐이니까, 그만 돌아갈게요."

"사양할 거 없어. 이제부터 데이트하러 갈 예정이었다

면 방해해서 미안하지만, 안에서 차라도 마시고 가줘. 아직 듣고 싶은 이야기도 많고, 게다가……."

선생님이 잠시 말을 끊자, 집안에서 서툰 피아노 연주 소리가 들려왔다.

"토오루를 보고 싶어 하는 아이도 있거든."

피아노를 배우던 시절의 후배. 내 모습을 보고 피아노를 시작한 아이가 있었다는 게 기억났다. 선생님이 말한 건 아마 그 아이겠지. 이렇게까지 말하는데 거절하기도 힘들어서 나는 한걸음 뒤에 서 있던 그녀에게 괜찮냐는 듯이 눈짓했다.

"괜찮아. 오히려 꼭 가보고 싶어."

그녀의 눈이 '제대로 마주하자.'라고 말하고 있었기에 나는 그녀를 따르기로 했다.

"그럼, 실례할게요."

주택가 안에서도 조금 큰 단독 주택. 외관처럼 내부도 흰색을 베이스로 한 기품 있는 가구로 통일되어 있어서 안쪽 방에 놓인 새까만 그랜드 피아노와 훌륭한 대비를 이루었다. 전에 피아노를 배우러 왔을 때도 피아노를 놓는 것을 전제로 해서 집과 가구를 구한 것 같다고 생각했던 게 떠올랐다.

"저기, 이 집은 피아노를 놓기로 정하고 나서 구입하신 건가요?"

그녀도 나와 같은 궁금증을 품고 질문했다.

"응, 맞아. 눈썰미가 좋구나."

"피아노가 무척 강조되는 느낌이 들었거든요."

오랜 궁금증이 해소됐을 때, 레슨실에서 네 명의 소년 소녀가 얼굴을 내밀었다. 선생님은 그들을 한 명씩 소개해 주었다. 우려했던 대로 지금은 레슨 시간이었다. 원래 레슨 중에는 인터폰 소리를 꺼놓는데 오늘은 어째서인지 끄지 않은 채였고, 게다가 찾아온 손님이 나인 것을 보고 정말 놀랐다고 한다.

"하늘이 조화를 부린 건지도 모르겠네."

신 같은 건 전혀 믿지 않을 것 같은 사키가 그런 말을 했기에…….

"신이 아니라 사키가 부린 조화겠지."

그렇게 받아쳤더니 "뭐래." 하고 쓴웃음을 지었다.

"토오루 오빠?"

나와 사키가 대화를 나누는 사이, 한 여자아이가 우리 쪽으로 다가오면서 나를 그렇게 불렀다. 그 호칭에 심장이 꽉 죄어드는 기분이 들었다. 나를 '오빠'라고 부르는 사람은 세상에 단 두 명뿐이었으니까. 순간적으로 시즈쿠의 모습이 뇌리에 떠올랐다.

하지만 죽은 사람이 나를 부를 수 있을 리는 없다. 지금 날 부른 사람은 다른 한 명, 내 연주를 듣고 동경심에 음악을 시작했다는 카논이라는 여자아이였다.

"카논은 그동안 계속 토오루가 와주길 기다렸단다."

선생님이 타이르듯 말했다.

카논은 선생님에게 피아노를 배우는 건 아니지만, 가끔 이렇게 놀러오는 이웃 여자아이였다. 피아노의 재능이 있는지는 정확히 모르겠지만, 늘 어린애다운 독창적인 음악을 연주하기 때문에 작곡에 재능이 있지 않나 생각하고는 했다. 그리고 언제부턴가 나를 오빠라고 부르는, 여동생 같은 존재였기에 내 기억에도 선명히 남아 있었다.

"카논, 잘 지냈어?"

"응!"

기운 넘치는 대답도 기억에 남은 그대로였다. 2년이나 지나면 아이는 성장하기 마련이라 카논 역시 키가 많이 자랐지만, 본질적인 부분은 바뀌지 않은 것 같아서 왠지 모를 안도감이 느껴졌다.

그 뒤로 선생님과 지금까지 있었던 일을 이야기하고 사키가 아이들에게 연주를 보여주기도 하면서 시간을 보냈다. '만약 지금 여기 시즈쿠가 있었다면…….' 하고 감상적인 늪에 빠지려 할 때마다, 분명한 의미가 담긴 사키의 눈빛이 나를 건져 올려주었다.

그녀의 연주를 들은 선생님은 눈을 동그랗게 뜨며 그녀의 엄청난 표현력에 경악하는 것 같았다. "사키는 피아노를 전부 독학으로 익혔어요."라고 자랑하듯 알리자, 비명을 지를 것처럼 놀라는 은사의 반응을 즐기기도 했다.

어느새 난 괴로워한다거나, 자리를 불편해한다거나, 과거를 떠올린다든가 하는 부정적인 감정을 거의 느끼지 않았다. 순수한 그리움을 느끼며 그 시간을 즐기고 있다는 걸 자각했다.

"고마워."

그녀에게만 들리도록 작게 말했다. 그녀가 말한 과거의 청산이란 이런 것이구나 하는 걸 그제야 실감할 수 있었다. 우리는 날이 저물고 나서야 헤어졌다.

'언제든 또 오렴.'이라는 선생님의 말에 솔직한 마음으로 '네, 조만간 또 뵈러 올게요.'라고 대답할 수 있었다. 전부 사키 덕분이었다.

이렇게 해서 나는 하나의 후회를 청산했다.

*

사람이 많은 오후의 전철 안에서 나는 사키와 시시콜콜한 이야기를 나누었다. 어느샌가 이런 경쾌한 대화가 '일상'이 된 우리는 오늘도 과거를 청산하기 위해 이동하는 중이었다.

오늘은 내 청춘이 체험하지 못했던 일을 할 거라고 한다. 청춘이라는 단어만큼 애매한 건 없다는 생각이 드는데, 대체 뭘 하려는 걸까.

"오늘은 어디에 가는 거야?"

"청춘을 찾으러 가는 거야."

"그러니까 그 구체적인 장소를 물어보는 거잖아."

목적지도 모르는 채로 나는 그녀와 함께 전철에 탔다. 점심 전의 눈부신 햇살이 살갗을 태우는 시간대였다. 그래서 무슨 말이 하고 싶은 거냐면, 난 아침부터 사키의 전화에 잠이 깼다는 걸 조금 원망하고 있다는 얘기다.

"장소라. 구체적으로는 아직 안 정했는데. 그렇지, 우리는 오늘 데이트를 할 거야."

"데이트?"

내 얼빠진 질문이 살짝 붐비는 전철 안에 희미하게 울려 퍼졌다.

'바깥은 더우니까 위험하다'는 사실을 끈질기게 주장하며 사키를 설득한 덕분에, 우리의 행선지는 도쿄에 있는 수족관으로 정해졌다. 사키는 살짝 체념한 것처럼 보였다.

어둑어둑하고 냉방이 잘 되는 실내는 실로 평화로운 공간이었다. 나처럼 내향적인 사람에게는 여름 특유의 찌는 듯한 더위로 가득한 바깥보다 이런 장소가 더 편했다.

수조로 둘러싸인 실내는 외부의 햇빛이 수조 내의 물에 반사되어 몽환적인 광경을 만들어냈다. 그런 풍경에 만족했는지, 해양 생물에겐 별로 관심이 없는 사키도 마음에 든 눈치였다.

"사실 수족관에 처음 와봤어."

"그럼 오길 잘했네."

"응. 그래도 토오루가 청춘을 체험하게 하는 게 목적인데, 나만 즐겁네."

"괜찮아. 나도 여자친구랑 수족관에 오는 건 처음이니

까, 충분히 즐거워."

"응!"

사키가 쾌활하게 웃으며 고개를 끄덕였다.

그녀도 처음 만났을 때보다 잘 웃게 됐다는 걸 실감한다. 처음엔 무뚝뚝한 여자애라고 생각했는데, 알고 보니 전혀 그러지 않았다. 외모만큼 화려한 독설도 이제는 거의 찾아볼 수 없었다. 사키는 오히려 착하고 얌전한 축에 속하는 것 같다.

그런 생각에 잠긴 채 둘이 나란히 수족관 안을 산책하는데 갑자기 그녀가 멈춰 섰다.

"어, 저기 봐, 토오루!"

내 팔을 잡아끌며 가리킨 곳에는 여러 마리의 펭귄이 물속을 헤엄치고 있었다. 하지만 그것보다도 내 시선을 잡아끈 것은 사키가 가리킨 펭귄이 아니라 그녀의 귓가였다. 여느 때처럼 갈색의 긴 머리카락을 귀 뒤로 넘겼고, 드러난 귓불에서 작은 해바라기 모양의 귀걸이가 빛났다.

내 시선은 그 귀걸이에 사로잡혔다. 그걸 본 순간 몸이 붕 뜨면서 의식이 멀어지는 듯한 기분이 들었고, 머릿속에서 어떤 장면이 떠올랐다.

"……."

"토오루?"

무수히 늘어선 해바라기. 노을 진 석양. 눈앞에 선 한 소녀. 백일몽 같은 걸까. 하지만 나로서는 처음 보는 풍경이었다.

"토오루? 왜 그러는 거야?"

사키의 목소리에 퍼뜩 정신을 차렸다. 조금 전까지 선명하게 생각나던 장면은 형태가 사라지며 흩어졌고, 다시 기억해 내려 해도 떠오르지 않았다.

"사키는 펭귄을 좋아하는구나."

"응, 근데… 괜찮아?"

"괜찮아. 자, 안을 더 돌아보자."

"그럼 다행이지만……."

그렇게 해서 나와 사키는 천천히 수족관을 감상했다. 그 뒤에는 세련된 카페에 들어가서 가벼운 식사를 하며 이야기꽃을 피웠다.

하지만 아까 떠오른 장면의 정체는 여전히 알 수 없었고, 머릿속이 뿌옇게 흐려진 듯한 위화감을 느끼고 있었다.

"사실은 오늘 불꽃놀이 축제가 있대."

해가 저물기 시작할 무렵, 카페에서 사키가 꺼낸 말이

었다.

"그랬구나."

"하나도 관심 없다는 반응이네. 평범한 여자애 앞에서 그러면 미움받을걸."

"내 여자친구가 평범한 여자애가 아니라서 다행이지."

"토오루 같은 남자를 좋아할 정도니까, 특이하긴 해."

"그렇게 나오기야?"

그런 쓸데없는 대화가 이어졌지만, 사실 난 불꽃놀이 같은 행사를 별로 좋아하지 않았다. 아니, 이 기회에 솔직히 말하자면 거북했다. 사람들이 붐비는 건 말할 것도 없고, 불꽃이 터질 때의 소리가 싫었다. 아마 어린 시절부터 음악에 몰두했던 사람이라면 공감하지 않을까 생각한다.

"그래서? 사키는 불꽃놀이 축제에 가고 싶다는 거야?"

"그렇게 노골적으로 싫어하는 표정을 짓는데, 가고 싶다는 말을 어떻게 하겠어."

사키의 말을 듣고 무심코 휴대폰에 반사된 내 얼굴을 들여다보았다. 그곳에는 진심으로 싫어하는 표정의 남자가 있었다.

"불꽃놀이를 보고 싶다는 게 아니라, 뭐랄까……. 여름 데이트의 느낌이 물씬 나잖아? 그래서 제안해 본 거야."

"그래? 꼭 가고 싶다면야 거부하진 않겠지만, 나랑 같이 가면 별로 재미없을 거야. 그게 미안해서 그렇지."

"그럼 어쩔 수 없지. 우리다운 걸 해볼까?"

그리하여 우리가 향한 곳은 해변가였다. 낮에 해수욕을 하던 사람들이 하나둘 짐을 챙겨 자리를 떠나고 있었다. 사키가 모래밭을 향해 나아갔기에 나도 그 옆에서 따라 걸었다. 두 사람의 그림자가 지면에 길게 늘어졌다. 동떨어진 그림자가 나와 사키의 거리감을 나타내는 것 같아서, 그 두 그림자 사이의 공간이 왠지 안타까워진 나는 충동적으로 그녀의 손을 잡았다.

"뭔데?!"

"이러는 게 더 사귀는 사이 같지 않나 싶어서. 불쾌했다면 사과할게."

사키가 놀라는 모습을 보고 얼른 손을 놓았다.

"아니, 불쾌하지 않아. 오히려 기뻐. 갑작스러워서 놀란 것뿐이야."

그런 말과 함께 미소 짓더니, 이번에는 사키가 내 손을 잡아주었다. 두 사람 앞으로 늘어진 그림자는 이제 맞잡은 손으로 연결되어 있었다. 그 광경에 가슴 안쪽이 간질간질했다.

"사귀는 사이구나, 우리."

"응, 사귀는 사이야."

당연한 사실을 확인하며 마주 웃었다.

행복했다. 사키와 함께라면 나 같은 사람도 행복해질 수 있다는 걸 실감하고 견딜 수 없이 기뻤다.

그 뒤로 주변이 어두워질 때까지, 둘이서 잔물결 소리를 들으며 해변을 거닐었다.

근처 슈퍼에서 산 타코야키와 볶음국수, 닭튀김 등의 먹을 것과 불꽃놀이 도구를 들고 해변으로 돌아왔다.

밤의 장막이 내린 해변에서는 사람들의 모습을 찾아볼 수 없었고, 파도 소리를 실은 바닷바람이 잔향처럼 맴도는 낮 동안의 따뜻한 공기를 휩쓸어가면서 시원한 여름밤이 고개를 내밀었다. 우리는 계단에 앉아 슈퍼에서 사 온 먹을거리를 입에 집어넣었다.

"갈색 음식은 다 맛있는 것 같아."

사키가 말한 것처럼 불꽃놀이 축제를 콘셉트로 선택한 먹을거리는 전부 색이 비슷했다.

"확실히 그러네. 그런데 먹다 보니까 밥이나 채소도 생각이 나."

그런 말을 하며 타코야키를 입에 넣고 진한 소스와 고소한 마요네즈가 뒤얽힌 맛을 음미했다.

"그래도 밖에서 이런 걸 먹으면, 그것만으로도 만족이 되잖아."

그렇게 말하면서 밝은 표정으로 닭튀김을 먹는 그녀를 보니, 다음엔 노점이 늘어선 여름 축제에 데려가 주고 싶다는 생각이 들었다.

"저기, 그거 알아?"

"뭐야, 마메시바*냐?"

"아, 마메시바 오랜만에 듣는다! 그게 아니라, 그렇게 노골적으로 말머리를 돌리지 마."

콩 껍질에서 얼굴을 비죽 내민 마메시바 같은 표정이었기에 나도 모르게 그런 농담이 나오고 말았다.

"그래서?"

"그러니까 말이지. 음, 그래, 그래. 타코야키 하면 여름 축제의 노점이나 관서 지방 같은 게 연상되지 않아?"

"뭐 그렇긴 하지."

---

* 콩과 강아지의 특징을 섞어서 만든 듯한 CF 캐릭터. '저기, 그거 알아?'라는 대사와 함께 등장해 콩에 대한 지식을 말해준다.

"그래서 그런지, 관서 지방에선 집마다 타코야키 기계가 하나씩 있대!"

"그렇구나."

뭐 특별히 놀랄 일은 아니지 싶다. 그쪽 지역에서는 타코야키가 일상적이고 친근한 음식이니까 그걸 만드는 기계도 당연히 집에 있겠지. 그런데 옛날에 시즈쿠가 타코야키를 만들어 보고 싶다고 떼를 썼던 적이 있었으니까, 어쩌면······.

"타코야키 기계라면 우리 집에도 있었던 것 같은데."

"어, 정말로?!"

사키는 진심으로 기대하는 반응을 보였다. 타코야키에 대한 로망이라도 있는 걸까?

"확실하진 않지만."

"좋겠다······."

그런 중얼거림과 함께 날 부러워하는 눈빛으로 쳐다보았다. 그렇게까지 말한다면 내가 할 수 있는 대답은 정해져 있었다.

"···다음에 올래?"

"갈래!"

만면에 미소를 띠며 끄덕거리는 사키를 보니 나까지

기분이 좋아졌지만, 여자친구를 이렇게 쉽게 집에 초대해도 되는 건가 싶었다.

"우리 집에는 부모님이 늘 안 계시는데 괜찮겠어?"

말을 꺼내자마자 실수했다는 생각이 들었다. 의도와는 다르게 불순한 생각을 품고 있는 것처럼 보였을 테니까.

"아, 응. 괜찮아."

하지만 사키는 아무렇지도 않다는 듯이 웃으면서 플라스틱 용기를 정리하고 자리에서 일어섰다.

"그럼, 불꽃놀이 하자."

불꽃놀이 도구를 들고 설레는 표정을 짓는 사키. 그런 사키를 바라보니 지금까지의 생각이 전부 바보같이 느껴졌다. 나도 그녀를 따라 일어섰다.

"그래. 모처럼 왔으니까 모래밭에서 할까?"

"당연하지."

아까 산 라이터와 물이 든 양동이를 들고 그녀와 나란히 해변까지 걸어갔다. 사키는 바로 불꽃놀이 도구를 꺼내더니 내 손에서 라이터를 빼앗았다. 그녀는 가장 비싸 보이는 불꽃놀이 도구를 들고 히죽 웃었다.

"사키는 마음에 드는 것부터 써버리는 성격이구나? 밥 먹을 때도 좋아하는 반찬부터 먹어버리겠네?"

"그야, 좋아하는 건 얼른 써버리거나 먹어버려야 안심되잖아? 그래야 이후에 무슨 일이 생기더라도 가장 큰 기쁨만은 즐겼다고 생각할 수 있으니까."

"과연 그렇네."

진지하게 고개를 끄덕였다. 듣고 보니 후회가 남지 않도록 신중히 선택하려는 나와 비슷한 것 같았다.

"그러면 토오루는 좋아하는 걸 마지막으로 남겨두는 성격이구나?"

"그렇다고 할 수 있지."

"토오루다워. 왠지 그럴 것 같았어."

"처음부터 즐거움을 맛보면, 그다음엔 뭘 하든 부족하게 느껴지잖아."

"뭐, 그 말도 이해는 되지만……."

사키는 웃으며 말했다.

"이런 부분은 완전히 반대네, 우리."

하지만 불꽃놀이 도구에 있어서는 그렇지 않을지도 모른다. 어렴풋한 예감이지만, 맨 마지막에 하게 될 불꽃놀이는 똑같은 걸 고르게 될 거라는 생각이 든다.

"하지만 마지막 불꽃놀이는 똑같은 걸 고르지 않을까?"

"응, 그럴지도. 그럼… 동시에 말해볼래?"

그녀가 바로 "하나, 둘……." 하고 신호를 했기에 나도 다급히 입을 열었다.

"스파클라!"

"스파클라겠지."

같은 단어로 서로의 목소리가 겹쳤다. 왠지 모를 안도감이 느껴졌다.

"똑같네."

"똑같다니까."

"마지막은 스파클라로 차분하게 마무리하는 게 좋아."

"응. 그거야말로 여름 감성이 가득 담겨 있잖아."

"이러니저러니 해도 스파클라가 제일 좋아."

"나도 그래. 뭐야, 사키도 결국 좋아하는 걸 맨 마지막에 남겨두잖아."

"어, 정말 그러네. 뭐, 내가 하고 싶은 말은 내 인생에서 토오루하고 더 빨리 만났으면 좋았을 거라는 얘기였어."

그런 말을 아무렇지 않게 꺼낸 사키는 기세 좋게 라이터를 켜서 불꽃놀이 도구에 불을 붙였다. 멍해진 나는 사키에게 라이터를 달라고 손짓했다.

"자."

사키는 라이터를 주는 대신, 불 붙인 자신의 불꽃놀이

도구를 내 것에 가까이 가져다 댔다. 마치 입맞춤 같았다. 내가 든 불꽃놀이 도구도 금세 선명한 불꽃을 내뿜기 시작했다. 우리는 불꽃놀이를 즐겼다. 밤바다의 수면에 불꽃이 반사되는 모습을 보며 함께 감탄하기도 하고, 불을 붙인 불꽃놀이 도구를 양손에 든 채 유쾌하게 흔드는 사키를 보며 미소 짓기도 했다. 그렇게 '연인으로서 함께하는 것'을 실감할 때마다 내 시간이 빠르게 가속하는 느낌이 들었다. 그녀가 말했던 청춘의 청산이 바로 이런 걸까.

만약 그렇다면, 약간의 일탈 정도는 용서받을 수 있을 거라는 이기적인 생각이 고개를 들기 시작했다.

불꽃놀이 도구를 거의 다 사용하고 나서 남은 건 스파클라뿐이었다. 둘이 해변에 쪼그려 앉아 스파클라를 들고 있자 다시 차분한 분위기로 돌아왔다.

"이제 마지막이네. 둘이서 노는 거니까 충분할 줄 알았는데, 의외로 금세 다 써버렸어."

"한 번에 두 개씩 불을 붙이니까 그렇지."

"그것도 그런가?"

주눅 들지 않고 즐겁게 웃는 사키. 이 시간을 순수하게 즐기는 사키를 보며 불순한 생각을 품는다는 게 견딜 수 없이 미안했지만, 주체할 수 없는 이 감정을 어떻게 해야 할지 나는 알 수 없었다.

"마지막은 스파클라네."

"응."

"너무 흔한 방법이긴 한데, 어느 쪽이 더 오랫동안 타오르는지로 내기하자."

"그 승부, 받아들이지."

서로 자신만만한 표정을 지으며 지금까지의 불꽃놀이 도구보다 훨씬 가늘고 가벼운 스파클라를 고쳐 쥐었다.

"진 사람은 상대방의 소원을 뭐든 한 가지 들어주는 건 어때?"

"뭐든지라니, 과감하게 나오는데. 나중에 후회해도 모른다."

"토오루야말로 후회하지 마."

팽팽한 분위기가 감돌았다. 나는 이 대결에서 꼭 이겨야만 하는 이유가 있다. 비겁하게 보일지도 모르지만, 아까부터 감당하지 못하고 있는 이 감정을 위한 절호의 기회였다. 쉽게 말해 나는 이 대결에 이겨서 연인다운 행위를 하자고 할 생각이었다.

동시에 불을 붙이기 위해 서로의 스파클라 끝을 라이

터 근처에 맞댔다. 자연스레 사키와의 거리가 가까워지면서 평소보다 크게 들리는 숨소리에 신경이 집중되었다. 나는 대결에 집중하자고 스스로를 타일렀다.

"그럼 붙일게."

"응."

우리 둘 다 이런 일에 진심으로 몰입해서 뛰어들다니, 참 어지간하다. 내심 쓴웃음을 지으며 스파클라에 불을 붙였다.

"……."

"……."

스파클라의 끝에 작은 불씨가 부풀어 올랐다. 우리는 숨죽인 채 각자의 불꽃을 바라보았다. 그러다 문득 사키를 돌아보니 불빛이 어린 옆모습이 선명하게 보였다. 심장이 크게 두근거리는 것만 같았다. 동요하는 모습이 들키지 않았길 바라며 슬쩍 내 스파클라를 확인했다. 불꽃은 아직 살아 있었다. 다행이라고 생각하자마자, 다시 빨려 들어가듯이 사키 쪽으로 눈길이 갔다. 어두운 밤의 해변이 묘한 분위기를 자아낸 탓일까. 마법에 사로잡힌 것처럼 그녀에게서 시선이 떨어지지 못했다.

"사키……."

대결 같은 건 머릿속에서 지워진 지 오래였다. 나는 자세를 무너뜨리며 사키 쪽으로 몸을 기울였다.

"집중하고 있으니까 방해하지… 앗."

그녀의 말이 갑자기 끊어졌다. 나와 사키가 들고 있던 스파클라의 불씨도 거의 동시에 떨어졌다.

"응…?!"

그녀가 놀란 듯이 작게 외쳤다. 정적이 내려앉았다. 정확히 말하자면, 이 몇 초 동안 나의 청각은 그녀의 숨소리 이외에는 아무것도 감지하지 못했다. 밤의 해변에서 잔물결이 일정한 간격으로 파도치는 소리가 유독 크게 들려왔다.

"뭐, 하는……."

멍한 시선을 보내는 사키의 얼굴은 어두운 데서도 알 수 있을 만큼 빨갛게 달아올라 있었다. 그런 그녀의 당황한 표정을 보자 또 충동에 휩싸였다. 한 번 더 나와 그녀의 그림자가 겹쳐졌다.

이렇게 해서, 나는 밤의 어둠을 틈타 그녀와 몇 번이고 키스를 했다.

그제야 연인이라는 실감이 들었다.

*

 기름 튀는 소리와 밀가루가 타는 냄새가 실내를 가득 채웠다.

 움푹 들어간 모양이 여러 개 나 있는 기계 위에서 한입 크기의 작은 구체를 이쑤시개로 뒤집어서 골고루 잘 익도록 했다. 하나씩 세심하게, 예쁜 구체가 되도록.

"배고프다."

"그러네. 그런데 조금 독특한 냄새가 나는데?"

"이게 바로 타코야키지."

 오늘은 지난번 불꽃놀이를 할 때 약속했던 우리 집에서의 타코야키 데이트였다. 하지만 사키의 말에 따르면 그건 구실일 뿐이고, 실은 우리 집에 와서 여동생인 시즈쿠에게 인사를 하고 싶었다나. 여자친구로 인사하고 싶기도 했지만 무엇보다 과거를 청산하는 과정에서 가장 중요한 인물이기 때문이란다.

 그녀는 여동생의 사진을 앞에 두고 많은 이야기를 늘어놓았다. 정말 눈앞에 시즈쿠가 있기라도 한 것처럼 말이다. 이야기를 끝내고 돌아온 사키는 시원한 표정을 짓고 있었다. 분명 여동생에게 하고 싶은 말을 다 했던 거겠지. 첫 만남에 무슨 할 말이 그리 많은가 싶긴 해도 어쨌든 좋은 일인 것 같았다.

"토오루, 이제 된 것 같아."

"응."

사키의 말을 듣고 막 구워진 타코야키를 하나씩 접시로 옮겼다. 안에 다양한 재료를 넣은 탓에 딱 봐도 위험해 보이는 색으로 구워진 것도 있었지만, 가게에서 파는 것처럼 소스와 마요네즈를 골고루 뿌리자 얼핏 봐선 구분이 되지 않았다.

"완성이네."

"먹고 싶지 않은 것도 섞여 있긴 했어."

"음식 남기면 벌 받아."

"알아. 둘이서 다 먹자. 그래서 이건 어떻게 나눌 거야?"

사키는 살짝 수상쩍은 미소를 짓더니 "나한테 좋은 생각이 있어."라고 말했다. 정말 '좋은 생각'일 가능성은 거의 없을 것 같지만 일단 들어보기로 했다.

"좋은 생각이라니?"

"서로 하나씩 골라서 상대방에게 '아~' 하고 먹여주는 거야. 재밌겠지?"

역시나 좋은 생각은 아니었다. 쑥스러워서 어떻게 그

러냐고 투덜거렸다간 여자친구 앞에서 체면이 서지 않을 것 같은데, 때마침 나에게도 좋은 아이디어가 떠올랐다.

"자기가 고른 걸 상대방에게 먹인다는 얘기지?"

"맞아."

올라가는 입꼬리를 감추지 못하는 사키를 바라보며 나도 내심 짓궂은 미소를 지었다. 사키는 아마 부끄러워하는 내 모습을 보고 싶어서 그런 제안을 했을 것이다. 그렇다면 나도 그걸 이용해서 문제가 있어 보이는 타코야키를 사키에게 떠넘겨야지.

오늘 타코야키는 거의 다 내가 만든 터라, 그릇에 올린 타코야키의 위치 정도는 거의 파악하고 있었다. 먹고 싶지 않은 게 몇 개 있었는데, 그중에서도 표면이 녹색으로 완성된 게 최악이었다. 아마 고추냉이가 주로 들어간 타코야키일 것이다. 그것만큼은 피하고 싶었다. 녹색의 타코야키가 어디쯤 있는지 곁눈질로 가늠했다.

"그럼 시작할까?"

"내가 제안한 거니까, 토오루가 먼저 골라도 돼."

여유로워 보이는 사키를 이제부터 고추냉이의 매운맛으로 무너뜨려 주리라 다짐하며 미리 가늠해 둔 타코야키 하나를 이쑤시개로 집어 들었다. 내가 고르는 걸 본 사키도 고민하는 기색 없이 하나를 골랐다. 서로의 얼굴을 마주 보자 참지 못하고 웃음이 새어 나왔다.

"그럼 아~ 해봐."

"그래. 아~."

수치심을 견뎌내며 서로가 서로의 입에 선택한 타코야키를 투입했다. 과연 사키는 어떤 표정을 보여줄까? 웃으며 유심히 지켜보는데, 사키가 말했다.

"음~! 떫어. 별로 맛없다, 이거."

떫다니…? 고추냉이를 먹고 그런 반응이 나올 수 있나? 하고 생각하며 나도 입에 넣은 타코야키를 씹어보았다.

"으흡?!"

순간, 입안을 타고 날카로운 매운맛이 콧구멍까지 솟아올랐다. 한 번 씹을 때마다 매운맛은 더 심해져만 갔다. 눈물을 글썽이며 그녀를 바라보니 양손으로 입을 가리며 못 참겠다는 듯 깔깔거리고 있었다.

"무, 무슨 짓을 한 거야……."

간신히 삼킨 다음 힘겹게 말하자, 나와는 다른 의미에서 눈물을 글썽이는 그녀가 눈가를 닦아내며 대답했다.

"특별히 아무것도 안 했는데? 내가 먹은 건 말차 맛이었고, 토오루가 먹은 건 고추냉이 맛이었을 뿐이야."

그렇게 말하더니 웃긴다는 듯 또 깔깔거리는 사키. 어쩌면 그녀가 처음 서로에게 먹여주자고 제안하기 전부터 계획된 일인지도 몰랐다.

"졌어. 내 패배야."

항복한다는 듯이 양손을 들어 올렸다.

내가 문제작을 먹어버린 덕분에 식사 중에 누군가 괴로워할 일은 없어졌다. 중간중간마다 사키가 아까 일을 떠올리고 웃다가 '배 아파.' 하고 괴로워했던 것만 제외한다면.

그 뒤로는 내 방에서 느긋하게 시간을 보냈다.

"미니멀리즘이라도 추구하는 거야?"

"아닌데?"

"이렇게까지 방이 휑한 건 이상하다고 생각하는데. 내 방은 미니멀리즘을 추구하려고 해도 이 정도까지는 안 될 것 같거든?"

사키의 방에는 화장품이나 옷이 많다고 한다. 언젠가 그녀의 방에도 가보고 싶지만 내가 먼저 그런 말을 꺼낼 일은 없을 것이다.

"다음에 내 방에도 초대해 줄까?"

"……."

"왜?"

"사키는 역시 초능력자인 게 분명해."

"아, 토오루도 내 방에 오고 싶다고 생각했구나?"

그녀는 즐거워하며 그렇게 물었다. 내 생각이 그렇게 읽기 쉬운가? 하지만 어쨌든 사실이었으니까 순순히 고개를 끄덕였다.

"그럼 다음에. 재밌는 장소는 아니지만 초대해 줄게."

이렇게 해서 또 한 가지, 미래에 관한 약속이 생겼다. 사키가 곁에 있는 것만으로도 지금까지 비관해 왔던 미래에 대한 상상이 즐거움으로 바뀌고 있다. 사랑의 힘이라는 건 참 대단하구나.

"그럼 이제부터 다양한 곳에 가보자."

사키는 갑자기 그런 말을 꺼냈다.

"뭐랄까, 둘이 먼 곳에 가서 추억을 잔뜩 만드는 거야. 기억으로 남는 추억도 물론 좋지만, 역시 기억이란 건 어쩔 수 없이 왜곡되거나 사라지는 애매한 거니까 물질적인 추억을 늘리고 싶어."

"괜찮은 생각 같은데?"

"그러니까 이 아무것도 없는 방을 둘만의 추억으로 채

워가자."

자기중심적이지만 꽤 즐거워 보이는 제안이었다.

"내가 싫어할 거라는 생각은 안 해? 내 방이거든?"

"그래도 싫진 않잖아?"

"그야 뭐······."

멋대로 진행하는 게 왠지 탐탁지 않을 뿐, 사키와의 추억이 물건으로 남는다는 건 당연히 기뻤다.

"예를 들면 이 방의 시계를 첫 여행지에서 사 온 걸로 바꾼다거나. 그런 식으로 나와 토오루의 추억으로 이 방을 채우자. 커튼도 좋고, 옷걸이도 좋고, 물건이라면 뭐든 상관없어."

"멋질 것 같네."

"그렇지? 그런 식으로, 언젠가 동거 같은 걸 하게 되면 둘이서 살 방에 그 추억들을 옮기는 거지. 거기까지가 내 계획이야."

사키가 말하는 모든 단어에 희망이 담긴 것만 같았다.

미래에 대한 희망. 그건 내가 그동안 전혀 품지 못했던, 나에게는 조금 과분하다고 생각했던 것이다. 하지만 그녀가 내 곁에 있어주는 것만으로도 그런 희망이 마음속에서 서서히 차오르는 것만 같아서, 눈에 보이는 세계가 달라지는 기분이었다.

그 뒤로는 휴대폰으로 클래식 음악을 틀어놓고 둘이서 가고 싶은 곳을 이야기했다. 방에 있는 몇 개의 게임을 같이 해보기도 하고, 책장에 꽂아둔 좋아하는 소설을 소개하기도 했다.

사키와 있는 것만으로 시간이 몇 배는 빨리 흐르는 것 같았다. 해가 이렇게 일찍 졌던가? 그녀와 시간을 공유할 때마다 시계의 초침이 더 빠르게 움직이는 게 아닌지 진심으로 의심스러웠다.

그러는 사이 창밖은 완전히 깜깜해졌다.

결국 게임에도 싫증이 나서 무료해진 우리는 침대에 나란히 앉아 최근에 유행하는 음악을 들었다. 특별히 할 일은 없었지만, 그만 집에 간다는 식의 말은 꺼내지 않았다. 오히려 헤어지기 싫은 마음만 더해갈 뿐이었다.

우리는 음악을 들으면서 이따금씩 상대에게 시선을 보내며 서로를 의식하고 있었다. 시간이 지날수록 시선이 마주치는 횟수가 늘어났다. 그때마다 내 가슴은 뜨겁게 타들어 가는 듯했다. 다시 눈이 마주쳤다. 이번엔 서로 시선을 피하려 하지 않았다. 음악이 거슬리게 느껴질 즈음,

갑작스레 곡이 멈추었다. 적막이 내려앉았다. 심장 뛰는 소리가 유독 크게 들려왔다.

먼저 입을 연 건 사키였다.

"토오루네 집은 부모님이 늘 안 들어오신다고 했지?"

불꽃놀이를 할 때 무심코 말해버렸던 내용이었다.

"어, 어어. 오늘은 안 들어오실 거야."

"그렇구나."

그걸로 대화는 또 끊겼다. 억지로 말을 꺼낼 필요는 없다. 그녀가 원하는 게 무엇인지 알 것 같았다. 그리고 사키 역시 마찬가지일 것이다.

그렇게 해서 서로에게 이끌리듯이, 서로를 갈구하듯이 입술을 겹쳤다. 상대방의 표정을 볼 수 있는 거리까지 살짝 멀어졌다가 붉게 상기된 얼굴을 바라보고 다시금 몸을 끌어안았다.

둘만의 공간에 집중하기 시작하자 이번엔 조명의 눈부신 빛이 거슬렸다. 그러자 어찌 된 일인지 그 순간에 소리도 없이 조명이 꺼졌다. 정전인가? 이유는 아무래도 좋았다. 그저 모든 일이 내게 유리하게 진행된다는 만족감만이 남았다. 이제 내 품에 안긴 사키 말고는 아무것도 생각할 수 없었다.

그리고 한 번 더 선명한 키스를 나누었다.

*

지금까지 느껴본 적 없는 기분이었다. 비관적이던 내 일상이 선명한 색을 띠기 시작하고, 눈에 보이는 세계가 바뀌는 듯했다. 지금까지는 눈여겨보지 않던 길가의 꽃들과 푸른 하늘에 눈길이 머물 만큼 내 마음에는 여유가 생겨났다.

세상이 이렇게나 찬란했다니.

그녀가 곁에 있으면 이런 식으로 희망을 품을 수 있었다. 지금까지 품어왔던 죄책감 같은 부정적인 감정이 전부 사라진 건 아니지만, 사키라는 한 소녀와 함께 앞으로의 미래를 그려가자는 긍정적인 자세로 바뀌어갔다.

"휴우. 저녁인데도 덥네."

"여름이잖아."

둘이서 슈퍼에 가서 장을 보고 우리 집으로 돌아왔다. 그날부터 사키는 우리 집에 자주 오게 되었다. 과거의 청산이라는 명목으로 찾아간 곳에서 사 온 물건들로 차례차례 채워진 내 방은 둘만의 아지트 같은 장소가 되어 있었다.

"그것보다 지금 나만 양손에 들고 있는 거 안 보여? 토오루 손은 장식이야?"

"그래, 그래."

그녀의 짐을 전부 빼앗으려 하자 사키가 거절했다.

"짐을 들어달라는 거 아니었어?"

"하나만 들어주면 돼."

"그야 뭐, 어렵지 않지."

전부 들어줄 수 있는데, 하고 생각하면서도 절반의 짐만 받아 들었다. 그러자 사키는 짐을 넘겨주면서 자유로워진 손으로 짐을 들지 않은 내 손을 잡았다.

"토오루의 손은 나랑 맞잡기 위해서 존재하니까."

연인으로서의 행동이 자연스러워진 사키는 쑥스러워하지도 않고 그런 말을 했다.

내 생활은 확실히 충만해졌다. 나는 그녀와 함께하는 시간에 만족하고 있다. 여기서 더 필요한 건 아무것도 없다. 더는 아무것도 바라지 않을 테니 그저 이 행복이 계속 이어지길 바랐다.

그녀와 처음 만난 여름방학은 내 인생에서 가장 빠르게 스쳐 지나간 한 달이었던 것 같다. 8월까지 이제 일주일 정도 남았고, 그녀의 말에 따르면 청산해야 할 항목은 두 개가 더 남아 있다고 한다.

여름의 끝이 다가오고 있었다.

"다녀왔습니다."

이젠 자기 집이 다 됐다는 듯이, 그녀는 아무 거리낌 없이 나보다도 먼저 집으로 들어갔다. 그런 모습에 쓴웃음을 지으면서도 "부모님이 와 계시면 어쩌려고 그래?" 하고 가볍게 투덜거리며 그녀의 뒤를 쫓았다.

부엌에서 장을 봐온 식재료를 꺼내 요리하는 사키. 최근에는 부엌 구조까지 다 파악해서 가끔 둘이 같이 요리를 하곤 했다. 난 부모님이 거의 집에 안 오셔서 자취하는 거나 마찬가지라 요리를 어느 정도 할 줄 알았고, 사키도 그 화려한 겉모습에 어울리지 않게 가사 전반을 잘 해냈다.

고등학생 연인끼리 같이 요리하는 일은 드물지 않을까. 확실하지 않은 특별함을 만끽하면서, 그녀를 보좌하듯 요리를 도왔다.

달걀을 풍부하게 사용한 오므라이스를 다 먹고 나서, 우리는 또 내 방에 틀어박혔다. 둘만의 공간이 될 수 있는 내 방은 이제 편안한 안식처처럼 느껴졌다. 지금까지는 우리 집이라는 공간 자체가 거북했지만, 사키라는 존재가 있는 것만으로 전혀 다르게 인식될 정도였다.

둘이서 오므라이스의 완성도를 평가하다가 사키가 느닷없이 말을 꺼냈다.

"갑작스럽긴 한데, 물어봐도 될까? 시즈쿠에 대한 것 말인데."

나한테는 늘 막 대하는 사키도 여동생인 시즈쿠의 화제를 꺼낼 때만큼은 내 눈치를 보았다.

진지해지는 분위기를 감지하고 나도 그녀를 정면으로 바라보며 대화할 자세를 갖췄다.

"좋아. 뭐든 물어봐."

"내가 끼어들 문제가 아니라는 걸 알지만……. 저기, 시즈쿠의 묘는……."

사키는 줄곧 그 문제를 신경 쓰고 있었던 것 같다. 과거를 청산한다면서 돌아다니는 동안, 단 한 번도 시즈쿠의 무덤을 찾은 적이 없었으니까. 따지고 보면 부자연스러운 일이었다. 예전과 달라진 마음가짐으로 무덤을 찾아갈 수 있어야 과거의 청산이라 할 수 있을 테니 말이다. 하지만 그러지 못했다. 그럴 수 없는 이유가 있었다.

"시즈쿠의 무덤은… 없어."

"없어…?"

그게 결론이었다.

시즈쿠의 죽음 이후, 부모님은 먼 곳으로 출장을 가는 일이 더 잦아졌다. 그러니 묘를 돌볼 수 있는 사람은 나만 남은 거나 마찬가지인데, 홀로 무덤을 마련해서 관리하는 건 버거웠다. 무엇보다도 온 가족이 시즈쿠의 죽음을 받아들이지 못하고 있다는 게 가장 큰 이유였다. 무덤을 만든다는 건 그 사람의 죽음을 받아들인다는 뜻이니까.

"응. 우리 가족은 이렇게 서로 소원해졌고, 나 혼자서는 할 수 있는 게 없었어. 게다가 시즈쿠의 죽음을 받아들이지 못하는 부모님에게 무덤을 만들자는 말은 도저히 할 수 없었어."

"그랬구나……."

사키는 진지하게 고개를 끄덕거렸다. 슬퍼하는 것 같기도 하고, 나름대로 이해한 것 같기도 했다. 그녀의 입가가 '역시나' 하고 말하는 것처럼 보였을 정도다. 물론 내 착각일 테지만.

"하기 힘든 이야기를 물어봐서 미안해."

"아니, 괜찮아."

평소에 사키가 나를 위해 많이 고민한다는 걸 알았기

에 불평할 수는 없었다. 내가 대답할 수 있는 이야기라면 얼마든지 대답해 주려고 했다.

"화장실 좀 써도 돼?"

"응."

사키는 그 자리의 거북함을 견디기 힘들다는 듯 그런 말을 꺼냈다. 내게는 서로 잠깐 떨어져서 마음을 가라앉히자는 제안으로 들렸다. 그녀가 마련해 준 시간 동안, 다시 얼굴을 마주했을 때 불편한 느낌이 들지 않도록 마음의 여유를 되찾으려 노력했다.

시즈쿠 이야기가 나오면 늘 이런 분위기가 되는 것도 언젠가는 극복해야겠지. 그렇게 나름의 반성에 잠겨 있을 때, 문득 어떤 물건이 보였다.

그건 사키가 늘 소중히 갖고 다니는 휴대폰이었다. 사키는 두 개의 휴대폰을 들고 다니면서 한쪽 폰으로 사진을 찍거나 전화를 하는 등 단말기의 기능을 완벽히 활용했지만, 다른 하나는 소중히 대하기만 할 뿐 좀처럼 보여주지를 않았다. 그런데 바로 휴대폰이 지금 눈앞에 있었다. 평소 같으면 몸에 지니고 다녔을 텐데, 방금 전의 어색한 분위기에서 빨리 벗어나려다가 깜빡한 모양이다.

내 관심은 그 휴대폰에 온통 집중되었다.

특별히 수상하게 생각하는 건 아니다. 사키를 진심으로 신뢰했고, 최근 들어 늘 함께 지내는 그녀를 의심할 이유가 없다는 건 내가 가장 잘 알고 있었다.

하지만 그래서 더욱 궁금해졌다. 그녀가 뭘 소중히 여기고, 나한테 뭘 감추는지.

그런 생각을 하는 사이, 시선의 끝에 머물러 있던 휴대폰이 희미하게 진동했다. 흔히 새 메시지를 수신할 때 들리는 진동음이었다.

나는 호기심과 함께 그 단말기를 손에 들었다.

"…뭐야, 이거."

홈 화면에는 중앙에 【175:27】이라는 시간 같은 숫자가 보였다. 그밖에 문자함 같은 표시만 있을 뿐, 설치된 어플은 하나도 없었다. 잠시 뒤에 숫자를 다시 보니 【175:26】으로 숫자가 줄어들어 있었다.

시험 삼아 내 휴대폰과 비교해 보자 내 단말기에서 시간의 분 단위가 1만큼 늘어나자 이쪽 숫자는 반대로 【175:25】로 줄어들었다.

"꼭 타이머 같은데."

그렇게 생각했다. 아니면 제한 시간 표시거나.

정체 모를 단말기에 대한 호기심이 솟구치며, 남의 휴

대폰을 엿보면 안 된다는 걸 알면서도 그 문자함 같은 것을 열고 말았다.

【콘서트】라 적힌 폴더가 나타났다. 그 폴더도 조심스레 열어보았다. 항목마다 우리가 자주 가는 콘서트홀에서 늘 흘러나오는 곡의 이름이 표시되었다. 맨 위부터 순서대로 【달빛】,【비창】,【사랑의 슬픔】,【죽은 왕녀를 위한 파반느】,【이별의 곡】까지 다섯 개다. 그리고 마지막에 【―】이라는, 제목 없는 항목이 하나 더 있다. 총 여섯 개.

"……"

자연스레 제일 위에 있는 【달빛】을 터치했다.

그러자 그곳에 표시된 건 문자의 나열이었다. 긴 문장이었다. 일기, 혹은 소설에 가까운 내용처럼 보였다.

그 글의 첫머리는 이렇게 시작하고 있었다.

【그를 처음 본 건 중학교에 입학한 직후였다.

행사에서는 가끔 전교생 앞에서 교가를 반주했고, 어느 날 조회 시간에는 상장을 받았다. 나보다 한 살 위인 그는 내가 중학교에 입학한 시점에 이미 학교 내의 유명인이었다.

그는 피아노 실력이 뛰어나서 어떤 곡이든 사람들 앞에서 간단히 연주해 보였다. 그런 당당한 태도가 멋졌고, 듣고 있으

면 마음이 편안해지는 그의 연주가 좋았다. 그는 금세 내 동경의 대상이 되었다.】

1인칭 시점의 소설인가? 웹소설을 읽는 느낌이었다.

이야기는 쭉 1인칭 시점으로 진행되었고, 주인공으로 보이는 소녀가 동경하던 소년과 우연히 마주친 이후 접점을 만들어가며 서로의 거리를 좁힌다는, 어디서나 흔히 볼 법한 전개였다.

하지만 계속 읽어나갈수록 이상한 기분에 휩싸였다. 글로 적힌 내용을 실제로 체험해 본 것처럼 느껴졌던 것이다. 중간에 소녀와 소년이 작은 콘서트홀에 가서 음악에 빠져드는 장면이 나왔을 때는 실제로 체험한 느낌이 드는 정도가 아니라 언젠가 봤던 백일몽처럼 선명한 영상이 뇌리에 떠올랐다.

그 이상한 기분에 위화감을 느끼면서도 정신없이 계속 읽어 내려갔다. 그래서일 것이다. 방으로 돌아온 사키의 발소리를 듣지 못했던 건.

내가 『죽은 왕녀를 위한 파반느』라는 제목의 네 번째 이야기까지 다 읽었을 때, 마침 방문이 열리며 우뚝 멈춰 선 사키의 모습이 보였다.

"토오루…?"

그녀는 두 눈을 동그랗게 뜬 채로 내 손 쪽에 시선을 고정하고 있었다. 몸은 희미하게 떨리는 듯 보였고, 어째서인지 겁을 먹은 듯한 모습이었다.

"봐버렸구나……."

"…이 휴대폰은… 뭐야?"

사키는 일단 잠시 뜸을 들이며 정적을 만들어냄으로써 다음에 이어질 말을 내가 쉽게 들을 수 있게 했다. 그리고 다음과 같은 말을 꺼냈다.

"만약에, 과거의 선택을 바꿀 수 있다면 어떻게 할래?"

그리고.

"만약에, 이 세상에 제한 시간이 있다면 어떻게 할래?"

♩♪ 간주 - 이별의 곡 ♩♬

갑작스럽고 순식간에 벌어진 일이었다.

눈 깜짝할 사이에 사람의 운명이 바뀔 수 있다는 부조리함을 목격했다. 어디에서나 벌어질 수 있는 흔한 일이라고 해도 너무나 처참한 광경이었다.

그건 그와 함께 해바라기밭에 갔던 며칠 뒤, 언제나처럼 콘서트홀에 가서 우연을 가장해 만난 그와 함께 집에 돌아오던 길에 벌어진 일이었다.

"여동생…?"

"그래, 여동생. 지금 바이올린 연습이 끝났대서 중간에 만나기로 했는데. 히나타 씨, 내 여동생과 만나볼래?"

그토록 동경하던 그가 '히나타 씨'라고 불러주는 것만으로 가슴 안쪽이 꽉 죄어드는 것처럼 숨이 막혔다. 불쾌한 느낌이 아닌, 기분 좋은 고양감에 가까웠다.

하지만 지금은 그게 중요한 게 아니었다. 동경하는 사람의 여동생, 즉 가족과 만날 기회가 갑자기 찾아온 거니까. 긴장에 전율하면서도 펄쩍 뛸 만큼 기뻐해야 할 일이었다. 이제 그런 기회를 놓칠 만큼 겁쟁이가 아니게 된 지금의 나는 "만나고 싶어요!"라고 솔직하게 말할 수 있었다.

"그럼 다행이고. 실은 바로 근처 카페에서 보기로 했거든."

그는 걸어가는 동안 여동생인 시즈쿠 양의 이야기를 들려주었다.

나이는 그보다 두 살 아래, 즉 나보다는 한 살 아래였다. 바이올린을 배우고 있으며 오빠인 그와 듀엣으로 무대에 서서 연주하는 게 꿈이라고 한다. 사이가 좋아서 둘이 함께 장을 보러 가기도 한다고 했다.

이야기의 대부분이 그와 시즈쿠 양이 얼마나 사이좋은 남매인지에 관해서였지만, 그래도 내가 모르는 그의 모습을 직접 들을 수 있다는 사실이 기뻤다. 한때는 시즈쿠 양을 질투한 적도 있었다. 그러나 나의 사랑을 자각한 지금은 별다른 생각이 들지 않았다. 그저 '이 사람이 오빠의 여친이야?' 하고 물어보는 상황을 상상하며 그녀와 만나는 걸 은근히 기대할 뿐이었다.

그런 식으로 그와 내가 함께 길을 걸어가는 것도, 그가 여동생에 관한 이야기를 하는 것도, 그걸 내가 흐뭇해하며 경청한다는 것도, 내가 그에 대한 망상에 잠겨 있다는 것도, 전부 일상에서의 한 컷이어야 했다.

아무런 징조도 없었다. 그냥 평소대로였다. 내가 바라던 그가 있는 평소대로다.

그렇다면 무엇이 계기였을까. 무엇이 잘못됐던 걸까. 내가 대체 무슨 잘못을 했단 말인가. 아니면 그가 무슨 잘못을 했단 말인가. 시즈쿠 양이 무슨 잘못을 했단 말인가.

분명 무슨 잘못을 했든, 하지 않았든 벌어졌을 일이다. 단지 벌어질 수밖에 없어서 벌어졌을 뿐이고, 거기에는 운도, 우연도, 선의도, 적의도, 악의도 전혀 간섭하지 않았으리라. 선택지 같은 건 존재하지 않았으리라.

존재했던 건 오직 사실뿐이다.

"어, 시즈쿠다."

그가 그렇게 중얼거렸다. 횡단보도 너머로 몸집이 작은 한 소녀가 보였다. 나하고 똑같은 중학교 교복을 입었고, 등에는 커다란 무언가—아마도 바이올린이 든 케이스—를 짊어지고 있다. 그 소녀는 횡단보도 너머에서 이쪽을 발견한 듯이 한 손을 들고 크게 흔들었다. 그이처럼 차분한 사람일 거라 생각했던 나로서는 그런 쾌활한 행동을 보인다는 게 의외였다.

신호등이 바뀌기를 기다리고 있자 옆에 선 그도, 횡단보도 너머의 시즈쿠 양도 다시 만난 기쁨으로 미소를 짓는 것 같았다. 그런 멋진 가족이 있다는 것에 대한 부러움을 가슴속에 감춘 채 신호가 파란불로 바뀐 것을 확인했다. 그러자 다음 순간 멈춰 섰던 사람들이 움직이기 시작했고, 나도 그와 함께 행인 속에 섞였다.

그때였다.

형용할 수 없는 위화감을 느꼈다. 육감이라는 말은 믿지 않지만, 그에 가까운 감각이었다. 경종이 울렸다.

저 멀리서 재빨리 신호를 건너기 위해 달려오는 시즈

쿠 양. 그리고 문득 시선을 왼쪽으로 향하자—.

"위험해…!!"

그 목소리는 내 것이었을까, 그의 것이었을까.

시즈쿠 양에게 접근 중인, 속도를 늦출 기미가 보이지 않는 트럭을 목격하자마자, 우리 두 사람은 본능적으로 달려 나가고 있었다.

그 뒤에 벌어진 일은 별로 기억나지 않는다. 강한 충격과 둔탁한 고통. 그게 내가 느낀 것의 전부였다.

그런 감각도 다음 순간에는 의식과 함께 멀어져 갔다. 그저 충격에 휩싸이기 직전, 그것과는 다른 종류의 충격이 내 어깨를 확 밀어냈다는 것만은 유독 선명히 기억났다.

*

다음에 눈을 뜨니 병원이었다.

병원 사람들이 눈을 뜬 내 앞으로 차례차례 얼굴을 내밀며 무언가를 말하고 있었다. 잠시 후, 귀찮아하는 표정의 부모님이 병실에 들어오기도 하고, 중간에 경찰관도 얼굴을 내밀었다. 하지만 그 누구와도 대화한 기억이 없었다. 그만큼 애매한 의사소통밖에 하지 못했으리라. 나는 계속 '그 사람은 어떻게 됐어요?'라는 말만 반복했다. 그 질문에 대답해 주는 사람은 좀처럼 나타나지 않았다.

쾌적하게 조절된 온도와 습도에서는 인공적인 차가움이 느껴졌다. 병원에서 생활하는 동안 시간 감각조차 마비되었다. 나는 살아 있다는 실감을 서서히 잃어갔다.

아무것도 비관하지 않도록, 그 무엇에도 상처받지 않도록, 나는 내 감정을 예전처럼 마음 깊은 곳에 봉인해 두었다.

그렇게 시간이 흘렀다. 아무래도 내 하반신은 사고로 움직이지 않게 되어버린 것 같다.

의사는 재활을 계속하면 걸을 수 있을 거라며 일상생활에 지장이 가지 않을 거라고 말했지만, 난 의사의 말을 곧이곧대로 믿지 못했다. 원래 타인을 쉽게 믿지 못하는 성격인 탓도 있으리라. 어찌 되었든 간에 사고 이전으로 회복될 수는 없을 거라고 생각했다.

하지만 무엇보다 중요한 건 그에 관한 소식이었다.

내가 이런 상태라면, 그 사고가 발생한 순간 시즈쿠 양을 구하면서 심지어 나까지 지켜낸 그가 나보다 가벼운 부상일 리가 없다. 그에 관해서 아무도 알려주지 않는다는 사실이 최악의 사태를 예감하게 했다.

그러던 어느 날이었다. 모든 걸 잃은 듯 무기력해진 나는, 그와 만난 덕분에 얻은 친구들의 병문안을 적당히 거절하고서 갑작스러운 변덕으로 휠체어에 타고 엘리베이터를 통해 옥상으로 올라갔다.

병원의 옥상은 학교 옥상보다 훨씬 넓어 보였다. 어쩌면 학교와는 달리 환자와 의료진에게 개방될 것을 전제로 설계된 옥상이라서 더 그렇게 느껴지는 건지도 모르겠다.

옥상 구석에 위치한 벤치에 사람의 형체가 언뜻 보였다. 방해받기 싫어서 왔던 길을 다시 되돌아가려는데, 문득 그 형체가 내 뇌리에서 딱 겹쳤다. 계속 동경하면서 지켜봐 왔던 그 사람의 모습과.

자연스레 그 형체를 향해 다가갔다. 아무리 감정을 잃어버렸다지만 오직 하나, 그를 걱정하는 마음만큼은 아직 남아 있었다. 그를 잊어본 적은 한순간도 없었다.

그를 닮은 형체에 다가갈수록 내가 기억하는 그의 모습과 정확히 겹쳤다. 벤치 옆에 목발이 놓인 걸 보면 역시 부상은 입은 것 같지만, 나처럼 휠체어 신세는 아니라는 것에 안도하며 가슴을 쓸어내렸다.

"저기……."

잘못 본 게 아니길 기도하면서 말을 걸었다. 그는 이쪽을 돌아보더니 내 기억에 선명히 남은 친절한 미소와 친근한 목소리로 "안녕하세요." 하고 대답해 주었다. 묘하게 데면데면한 건 오랜만의 재회가 쑥스러워서일까.

"옆에 있어도 될까요?"

재회의 기쁨을 억누르며 그의 옆으로 다가갔다. 하지만.

"…?"

내 반응을 본 그는 더 자세히 봐도 된다는 듯이 손을 들어 올렸다. 아니, 손이 아니라…….

"눈을 떴더니 이렇게 되어 있었어요."

그는 쓴웃음을 지으며 손목만 남은 팔을 보여주었다.

그리고 아까 느낀 데면데면함은 말투에서도 드러났다. 나는 그의 태도에서 불길한 예감을 느꼈다.

"시즈쿠 양은 무사한가요?"

그는 피아노를 칠 수 없는 몸이 되어버렸다. 안타까움이 솟구쳤지만, 그래도 울면 안 된다고 스스로를 타이르며 계속 궁금해했던 또 한 명의 피해자에 관해 질문했다.

"시즈쿠는 경상이었대요."

이어지는 그의 말이 나에게 잔혹한 현실을 각인시켰다.

"…시즈쿠의 친구인가요?"

아무 말도 할 수 없었다.

깊이 봉인했던 감정이 하나둘씩 터져 나왔다. 억눌렸던 감정을 토로하듯이 내 눈에서 눈물이 흘러내렸다.

"미안해요! 제가 뭐 실수라도 했나요?"

필사적으로 사과하는 그. 하지만 그런 그의 모습이 너무나 사랑스럽고, 또 슬펐다.

그는 나에 관한 기억을 잃어버렸다.

"저는, 당신의 미래의 여자친구예요."

눈물을 흘리면서도 강한 의지를 담아 그렇게 말했다. 나의 허세는 지금부터 시작이다.

*

그 뒤로도 가끔 병원 내에서 그와 만나 대화를 나눌 기회가 있었지만, 역시 날 기억하지는 못했다.

오히려 그와 만났던 시간이 전부 꿈이었다고 하면 납득할 수 있을 것만 같았다. 그와 만나면서 취미를 발견했고 친구가 생겼으며 사랑을 할 수 있었다.

지금까지의 내 인생을 돌이켜 보면, 그런 선명한 경험은 너무나 갑작스럽게 찾아왔다가 사라진 소나기 같았다.

꿈을 꾸는 듯한 나날이었다. 그러니까 그건 정말 꿈이었다고 해도 받아들일 수 있을 것 같았다.

다만 그와 보낸 시간이 꿈으로, 가짜로, 없었던 일로 바뀌는 일만은 견딜 수 없이 슬프게 느껴졌다.

그가 날 잊어버렸다면, 지금까지 있었던 일을 증명할 수 있는 사람은 나 하나뿐인 셈이다. 그리고 내 일방적인 주장은 아무도 믿어주지 않을 것이다. 그냥 없었던 일이 되어버린다.

그런 생각이 계속해서 내 머릿속을 맴돌았다. 그를 떠올릴 때마다, 그와 만나서 날 잊어버렸다는 사실을 실감할 때마다, 그때와 지금의 낙차를 통감할 때마다 내 마음속에서는 '어째서 이렇게 되어버린 거지……' 하는 마음이 싹텄고, 어느새 무시할 수 없는 감정으로 부풀어 올랐다.

그러다 어느샌가 '그때 사고를 당하지 않았더라면……' 하는 후회가 자라났다. 부정적인 감정은 깊이 가라앉아 있던 내 마음을 쉽게 좀먹었다.

어느 날, 나는 휠체어에서 넘어져 병원의 리놀륨 바닥에 쓰러지고 말았다. 멀리서 간호사의 다급한 목소리와 정신없는 발소리가 들려오는 건 느낄 수 있었지만, 내 의식은 거기서 멈췄다. 저항할 수 없는 졸음이 밀려들었다.

그야말로 꿈의 세계로 빨려 들어가는 느낌이었다. 사람이 죽을 때는 이런 감각을 느끼는 건가 하고 멍하니 생각했다.

그건 정말로 꿈이었다.

눈을 뜨자 병원만큼이나 싫은 우리 집이 보였다. 마비된 다리도 자유롭게 움직였다. 무슨 일인지 이해할 수 없었다. 손에는 처음 보는 휴대폰 단말기가 있었다. 바깥이 어둡고 조용한 걸 보면 아마 심야인 것 같다.

일단 단말기를 켰다. 날짜는 9월 1일. 시계가 있어야 할 곳에는 【17517:13】이라는 수수께끼의 숫자가 표시되어 있었다.

지금 상황과 그 단말기의 정체에 관해 추측하고 있는데 갑자기 두통에 찾아왔다. 그와 동시에 어떤 영상 같은 것이 머릿속으로 흘러들어 왔다. 고통이 멎기를 기다리다가 별안간 내 기억 속의 모순에 놀랐다. 형용하기 힘든 느낌이었다. 위화감 투성이였다.

내 머릿속에서는 같은 시간마다 두 가지 기억이 남아 있는, 말도 안 되는 일이 벌어지고 있었다.

사고 당시에 트럭에 치일 뻔한 시즈쿠 양을 구하려고

달려 나간 나와 그가 사고를 당한 기억. 그리고 동시에 다리가 굳어버려서 경트럭에 치이는 그저 지켜볼 수밖에 없었던 나와 그의 모습이라는 기억.

단편적이고 희미한 기억이긴 했지만, 상반되어 모순적인 기억이 공존하고 있었다.

"이게, 뭐지…?"

그런 기억에 의지하면서 그곳에서의 시간을 보냈다. 우선 그의 행방을 찾는 것을 목표로 삼아서 나는 행동을 개시했다.

하지만 그것도 전부 의미 없는 일이 되어버렸다.

그의 생존은 금세 확인할 수 있었다. 나와 마찬가지로 사지 멀쩡하게 상처 하나 없는 모습을 보고 안심했다. 하지만 그건 그냥 겉모습일 뿐이었다. 늘 친절하던 그의 모습은 온데간데없고, 흐리고 지친 눈동자가 어딘가 먼 곳을 바라보고 있었다. 내가 말을 걸어도 "누구세요?" 하고 대답할 뿐, 상황은 오히려 예전보다 악화된 것처럼 보였다.

그 이유는 한 지방 신문을 보자 확실해졌다.

'하시바 시즈쿠 양이 트럭에 치여 사망.'

사실이 반전되어 있었다. 그런 와중에 그 휴대폰에 한 건의 메시지가 수신된 걸 발견했다. 이 상황에 관한 단서를 원했던 나는 아무 망설임 없이 메시지를 열었다. 그리고 경악하며 공포에 빠졌다.

【만약 과거의 선택을 바꿀 수 있다면 어떻게 하시겠습니까?
당신은 자신과 그가 사고를 당하지 않을 가능성을 바랐습니다.
어떤 희생을 치르더라도 그걸 바랐습니다.
이게 당신이 바란 세계입니다.
이게 당신이 바란 꿈입니다.
의미도 필요도 없지만, 그래도 당신이 바란 가짜 세계.
이 제한된 꿈에서 당신은 꿈을 꾸겠습니까?】

제6장

짧은 잠의 카운트다운

8월 23일

"―만약 이 세상에 제한 시간이 있다면 어떻게 할래?"
그녀의 목소리가 나지막이 울렸다.
"무슨 소리를……."
"토오루."
동요하는 나를 정면으로 바라보면서, 사키는 한 번 더 조용히 내 이름을 불렀다.
"답을 맞춰보자."
"그게 무슨… 소리야."

"내가 아는 비밀을 전부 말할게."

"……."

"시간이 얼마 안 남아서, 어차피 언젠가는 말해야 했어."

사키는 혼자 납득한 듯이 고개를 끄덕거렸다. 나로서는 무슨 뜻인지 전혀 이해가 안 돼서 이야기를 따라갈 수 없었다. 비밀이란 게 뭐지? 이 휴대폰은 대체 뭔데?

"우선, 계속 숨겨왔던 이야기를 해야만 할 것 같아."

"숨겨왔던 이야기…?"

멍하니 읊조릴 수밖에 없었다.

내가 이 휴대폰에서 본 건 소설 같은 글과 타이머처럼 1분마다 숫자가 줄어드는 표시뿐이다. 그 글을 보고 연상되는 점이 없는 건 아니지만, 설마 하는 마음으로 내 오해일 거라 생각하기로 했다. …하지만 역시나.

"난 그날 카페에서 만나기 훨씬 전부터 토오루와 아는 사이였어. 토오루는 기억하지 못할 테고, 그건 어쩔 수 없는 일이지만……."

역시 그랬다. 애초에 사키는 전에도 나와 예전부터 아는 사이였다는 듯한 말투로 이야기한 적이 있었다. 지금 다시 생각해 보면, 그런 적이 한두 번이 아니었을 것이다. 사키가 비 오는 날, 콘서트 오디션에서 떨어졌다는 말을 했을 때도 그랬다.

'피아노, 들려줬으면 하는데.'

'응. 어쩌면 피아노를 칠 줄 알 거라고 쭉 생각했거든.'

탈락한 사키는 그렇게 부탁했는데, 처음부터 내가 피아노를 배웠다는 걸 알고 한 말이 아니었을까?

게다가 내가 연주한 그 콘서트의 여섯 번째 곡인, 제목도 모르는 곡을 듣고 사키가 울었던 것도 마음에 걸렸다. 그녀는 나를 그 콘서트홀에 불러낸 적도 있었고, 중학생 시절—내가 그 콘서트홀에 다니던 시절—에 자주 방문했다고 했으니까 거기서 처음 만났던 걸지도 모른다.

그때 사키가 울면서 꺼낸 '미안'이라는 갑작스러운 사과의 말도, 무언가를 감춘 채 내 곁에 있었던 거라고 억지로 해석하면 앞뒤가 들어맞았다.

그리고 무엇보다도.

'—난 하시바 씨를 계속 보고 있었어. 하시바 씨가 나를 발견해 주기 전부터 계속, 난 하시바 씨를 좋아했던 거야.'

그때 사키가 꺼냈던 고백의 말.

그건 명백히 날 예전부터 알고 있었다는 것을 전제로 하고 있었다.

'—과거에 사로잡혀서 자신을 부정하면 안 돼.'

이것도 마찬가지다.

그녀는 예전부터 나를 알고 있었을 뿐만 아니라, 내 과거까지도 처음부터 알고 있었던 걸까.

그렇게 생각해 보면 많은 것들이 이해되었다.

하지만 만약 서로 아는 사이였다면, 이토록 존재감이 강한 그녀를 잊어버릴 리가 없다고 생각했다. 처음 봤을 때부터 이렇게나 끌렸던 아이가 잊힐 리는 없을 테니까.

"내가 중학교 1학년 때, 그러니까 토오루가 2학년일 때 처음 만났어."

그녀의 입에서 내가 모르는 내 기억이 언급되었다.

"휴대폰 봤지? 어디까지…?"

"네 번째. 죽은 왕녀를 위한 파반느까지."

"그랬구나. 그럼 아직 거기까지는 안 읽은 거네."

사키는 그렇게 중얼거리며 말을 이었다.

"하지만, 그래. 네 번째 이야기까지 등장했던 소녀와 소년이 바로 나와 토오루야. 난 너랑 4년 전에 만났고, 난 계속 토오루를 동경했어."

그녀는 그렇게 말했지만 나는 기억이 전혀 없었다.

"나한테는 그런 기억이 없다고 생각했지? 그것도 정확한 이유가 있어."

"이유……."

"응. 이 세상에는 제한 시간이 있다고 했잖아?"

분명 그런 말을 하긴 했다. 터무니없는 이야기였다. 제한 시간이 있다는 건, 시간이 다 되면 흔적도 없이 사라진다는 의미일까. 말이 되지 않는다. 이렇게 비현실적인 이야기를 무작정 믿을 수 있는 사람은 전 세계를 뒤져도 찾기 힘들 것이다.

"지금 우리가 있는 이곳은, 나하고 토오루에게는 가짜 세계야. 꿈속의 세계라고 해도 될 거야."

"……."

"무슨 말을 하는 건지 모르겠지? 내 이야기를 계속 듣다 보면 불쾌한 기분이 들지도 몰라. 하지만 난 진심으로 하는 이야기니까, 끝까지 들어줬으면 해."

아까까지만 해도 장난스럽게 떠들던 그녀가 너무나 진지한 눈빛을 하고 있었으므로 나는 고개를 끄덕일 수밖에 없었다.

"토오루는 시즈쿠 양의 사고 당시 상황을 기억해?"

"어, 어어. 그야 당연하지. 지금까지 계속 그때를 후회했으니까……."

"그러네. 그럼 그때의 주변 상황은? 사고를 당했을 때,

주변에는 뭐가 있었어? 누구와 함께 있었어?"

그 말을 듣고 처음으로 깨달았다. 내가 기억하는 사고 당시의 상황은 시즈쿠의 처참한 모습뿐이었다는 걸. 그리고 동시에 설마, 하는 생각이 들었다. 나를 바라보는 사키의 눈동자에는 강한 의지가 담겨 있는 게 느껴졌다.

"나도 그때 옆에 있었어."

"그럴 수가……."

"나도 시즈쿠 양의 사고를 직접 목격했어."

그런 일이 있었는데도 내가 사키를 잊어버렸다고? 사키는 그 사실을 계속 감춰왔던 건가? 하고 싶은 말들, 이해가 되지 않는 일들, 정리되지 않는 정보와 감정의 파도가 내 안에서 사정없이 소용돌이쳤다.

"그리고. 토오루는 자기가 겁쟁이라서 시즈쿠 양을 구하지 못했다고 했지만, 그렇지 않아. 전혀 달라."

"그게 무슨……."

"시즈쿠 양을 구하러 달려 나가려던 토오루를 내가 억지로 막은 거야. 이 세계에서는 그렇게 됐어."

그녀의 말을 이해할 수 없었다. 사키가 날 막았다니, 그 말은 시즈쿠가 죽도록 내버려뒀다는 뜻일까? 게다가 '이 세계에서는'이라는 말은 대체 무슨 의미지…?

"그래도, 들어줘."

그녀의 목소리에 나는 간신히 평정심을 되찾았다. 그리고 들었다. 일의 전모를.

"그건 가짜야. 이 세계에서 생긴 일은 전부 가짜야."

사람의 죽음이, 내 소중한 사람의 죽음이 가짜라고…? 충격과 함께 솟구치는 분노의 감정이 내 마음속을 지배하기 시작했다. '거짓말이든 뭐든, 그런 농담은 하면 안 되잖아.' 하고.

그녀는 그런 내 생각조차 짐작한 듯이 말을 이어갔다.

"농담 같은 건 한 적 없어. 전부 가짜야. 그 사고가 난 순간부터 지금까지의 2년, 그 모든 게 가짜야. 꿈속에서 보는 환영이야."

"그래서 뭐라는 거야. 이 세계는 대체 뭔데? 진짜는 대체 뭐냐고!"

그 말과 함께 억제할 수 없는 분노가 터져 나왔다. 그녀의 이야기를 냉정하게 듣고 싶은 한편으로, 도저히 용서할 수 없다는 생각도 들었으니까. 절대 건드려선 안 되는 역린을 그녀가 건드린 것이다. 시즈쿠의 죽음도, 사키와 보낸 시간도, 전부 가짜였다는 건가.

"이 세계는 '만약'의 세계야. 나하고 토오루가 이렇게 대화를 나눌 수 있는, 꿈만 같은 세계. 『If』라는 영화를 보러 갔던 거, 기억해?"

갑자기 무슨 말을 꺼내는 건가 싶었다. 지금 추억 이야기를 할 상황은 아닐 텐데. 맞장구를 칠 여유도 없어서 그저 사키를 노려보듯 쳐다보았다.

"토오루가 전에 가르쳐줬지? 『If』는 원작과 영화의 이야기가 중간부터 달라져서 결말이 바뀐다고."

"⋯그래."

그런 이야기를 했던 기억은 있다. 사키와 처음 만난 날에 우연히 샀던 로맨스 소설이 사키가 콘서트 오디션에서 연주한 곡을 OST로 사용한 영화의 원작이었다. 그런데 영화는 오리지널 각본이어서 중간부터 이야기가 달라진다는 사실을, 영화를 보기 전의 사전 지식으로 그녀에게 알려주었다.

"그거랑 똑같아. 나하고 토오루의 원래 세계는 원작이고, 지금 우리가 서 있는 이 세계가 우리를 위해 만들어진, 결말이 바뀐 영화의 세계라는 뜻이야."

의미는 이해할 수 있었다. 그래도 그걸 받아들이기는 어려웠다. 그녀는 이 세상도 가짜라고 하지만, 우리의 의식은 역시 지금 이 세계에 존재하므로 도저히 소설 같은 픽션이라고 생각하긴 힘들었다. 독자인 내가 소설의 세계 속으로 들어왔다는 게 차라리 신빙성이 있을 것 같다.

"…'우리를 위해 만들어졌다.'라는 게 무슨 뜻이야?"

의문이 끊이지 않았다. 마치 그녀가 구상한 소설의 설정을 듣고 있는 기분이었다.

"이건 우리 두 사람이 꾸고 있는 꿈의 세계야."

"……."

"그럼 진짜 세계에 관해 이야기할게."

그녀는 아무 말도 못 하는 나를 바라보며 숨을 골랐다. 자신이 아는 걸 하나도 빠뜨리지 않고 전달하기 위해 생각을 정리하고 있다는 게 그대로 느껴졌다. 이야기의 내용 자체는 믿기지 않았지만, 그래도 눈앞의 그녀가 진심이라는 건 알 수 있었다.

하지만 나는 그녀의 첫 마디를 용서할 수 없었다.

"일단, 진짜 세계에서는 시즈쿠 양이 살아 있어. 사고는 났지만 다친 데는 거의 없어서 멀쩡하게 생활한다고 들었어."

"…!"

사키에게 분노를 쏟을 뻔했다. 그녀는 그런 나를 보며 필사적으로 이를 악무는 것 같았다. 몸을 가늘게 떨고 있었고, 눈동자 안쪽에서 그동안 쭉 감춰왔을 희미한 공포가 엿보였다. 내가 그녀를 두렵게 만들고 있구나. 그 사실을 실감한 순간, 어느 정도는 냉정해질 수 있었다.

"미안······."

"아니야. 내가 이상한 말을 하고 있다는 건 나도 잘 알고, 토오루가 그걸 좋게 받아들일 수 없다는 것도 알아."

하지만 그녀는 계속 말했다.

"토오루에게는 꼭 이야기해야만 하는 일이야."

분명 사키의 이야기는 믿기 힘든 부분이 많지만, 그녀는 이렇게까지 악질적인 농담을 할 만한 사람이 아니었다. 그건 내가 가장 잘 알고 있다. 남자친구인 내가 가장 잘 알고 있어야만 한다.

내가 진정된 걸 알아챘는지, 사키는 말을 이어갔다. 지금부터 꺼낼 이야기가 본론이라는 듯이.

"하지만."

"······."

"시즈쿠 양은 무사할 수 있었지만······. 나랑 토오루, 특히 토오루는 무사하지 못했어."

설마······.

"토오루는 겁쟁이가 아니었어. 다가오는 트럭을 보자

마자 뛰어갔으니까. 시즈쿠 양뿐만 아니라 옆에 있던 나까지 구해주었어."

내가 시즈쿠를 구하러 갔다고…? 나는 계속 그 순간에 움직이지 못했던 걸 후회해 왔다. 그런 후회가 있었기에 지금의 나라는 인간이 만들어졌다고 할 수 있었다. 그런데 그 순간에 내가 움직였다고?

그 이야기를 꺼낸 사키의 표정은 무척 복잡해 보이긴 했어도 나에 대한 신뢰가 깃들어 있었다. 어떤 행동보다도, 말보다도, 그때 보인 사키의 표정에서 나는 지금까지 본 것 중에 가장 큰 호의를 느꼈다. 그녀의 말은 진심이었다. 내가 기억하지 못하는 내 행동을 진정으로 좋게 인식하고 있다는 게 그대로 전해져 왔다. 나는 시즈쿠를 구하기 위해 움직였다고 말이다.

"토오루는 시즈쿠 양을 제대로 지켜냈던 거야."

자애로운 그녀의 목소리는 당장이라도 울음을 터뜨릴 듯이 아슬아슬했다.

그랬구나……. 난 시즈쿠를 구해냈던 거였어.

"하지만."

"응."

그 순간의 짧은 침묵에 미리 각오했다. 그 뒤에 어떤

말이 나오든 받아들일 수 있도록.

"나와 토오루는 큰 부상을 입게 됐어."

"……."

"난 하반신을 움직일 수 없게 돼서 휠체어 생활. 그래도 재활하면 언젠가 걸을 수 있게 된다는 말을 들었으니까, 분명 괜찮을 거야."

아프게 울리는 그녀의 목소리가 나를 뒤흔들었다. 그녀의 절망적인 감정이 청각을 통해 전해지는 기분이었다.

"하지만 토오루는……."

지금까지 완강한 의지로 말을 이어 나갔던 사키가 처음으로 머뭇거렸다. 그만큼 꺼내기 힘든, 혹은 본인에게 들려줄 수 없는 내용인 걸까. 그녀는 보는 사람의 마음까지 아프게 만드는 표정을 짓고 있었다. 눈물은 흘리지 않았지만, 그녀의 표정은 우는 거나 마찬가지였고, 오히려 억지로 참고 있는 모습이 더욱 괴로워 보였다.

"토오루는 말이지."

"……."

"한쪽 손을 전부 잃어서 이제 피아노를 칠 수 없게 됐고……."

"응."

"기억을 잃어버렸어."

"그건……."

전혀 예상치 못한 일은 아니었지만, 비현실적인 이야기가 구체적으로 변모해서 그런 걸까. 오히려 아플 만큼 현실적이었다.

"자세히는 물어보지 못해서 나도 잘 모르겠지만, 기억하는 부분이 있긴 한 것 같았어. 자기가 누군지는 알았고, 시즈쿠 양에 관한 것도 기억하고 있었어. 또 사고 당시의 일도 희미하게는 기억하는 것 같아."

"그렇다면, 뭘……."

거기까지 말하다가 문득 깨달았다. 그녀가 말한 내가 기억하는 것들 중에서 전혀 언급되지 않았던 것은—.

"응. 날 전부 잊어버린 것 같아."

사키는 곤란하다는 듯 웃었다.

"……."

아무 말도 할 수 없었다. 무슨 말을 꺼내야 할까? 사키의 이야기를 전부 믿는 건 아니지만 그래도 이런 건 너무 잔혹했다. 2년 동안, 그녀 혼자 이 모든 걸 기억하고 끌어안았던 걸까. 이렇게 가냘픈 몸으로, 이렇게나 크고 무거운 짐을.

"전에 작곡가 라벨에 대한 이야기를 해줬잖아."

사키는 마음을 다잡으려는 듯이 씩씩하게 입을 열었다.

"작곡가 라벨은 50대쯤에 기억상실을 앓았고, 예전의 찬란했던 작곡가 시절을 잊어버리고 말았어. 하지만 그는 여전히 음악을 사랑했고, 음악에 매료되었어."

그녀는 목소리가 떨리는 것을 억누르면서 옛날이야기를 해주듯 말을 이었다.

"라벨은 그런 와중에 어떤 곡과 만나게 돼. 그는 그 곡을 들었을 때, '나는 지금까지 이렇게 아름다운 곡은 들어본 적이 없다.'라고 말했다지? 그 곡이 바로 라벨이 기억을 잃기 직전에 작곡한 『죽은 왕녀를 위한 파반느』였어. 그는 자기 작품을 객관적으로 평가하게 되면서 자신의 예전 작품을 궁극적으로 인정한 거야."

내가 전에 사키에게 해준 이야기였다. 그때의 나보다 훨씬 극적인 말투를 사용했지만, 그건 틀림없는 내 지식이었다.

"토오루가 이 이야기를 해줬잖아."

"그래."

"내가 뭐라고 대답했는지, 기억해?"

대답이라. 뭐였더라? 그건 분명······.

"난 하시바 씨에게 그 곡 같은 존재가 되고 싶다고. 그렇게 말했어."

"······."

"설령 기억을 잃어버리더라도. 전에도 날 곁에 있게 해줬던 것처럼, 이번에도 날 받아달라고. 그 생각만으로 이 2년을 보냈어."

"······."

그것이야말로 무엇으로도 대신할 수 없는 사랑 고백이었다. 나보다 먼저 좋아해 주었고, 나를 계속 생각해 왔다는 순수한 짝사랑.

"그날, 카페에서 아르바이트할 때, 토오루가 먼저 말을 걸어서 놀랐어. 원래는 내가 먼저 다가갈 생각이었으니까."

"내가 온다는 걸 알고 있었던 거야?"

"아니, 몰랐지. 그래도 중간에 토오루를 발견하고 가게에 들어가는 걸 봤어. 그래서 갑작스럽게 아르바이트를 지원했던 거야."

말도 안 된다고 생각했다. 그렇게 마음대로 할 수 있다니. 이건 정말 그녀가 말한 꿈같은 이야기지 않은가.

"그 카페에서 평소에 아르바이트를 했다는 말이야?"

"아니. 그래서 갑작스럽다고 한 거야. 의상도 없어서

교복 차림으로 연주해야 했고."

확실히 그녀는 교복 차림이었다. 그때 본 사키의 모습이 인상 깊어서 선명하게 기억하고 있으니까 틀림없었다.

"믿기지 않을 테지만 가능해. 이 세상은 꿈의 세계니까."

"꿈이라는 건 비유적으로 한 얘기……."

"정말로 꿈이야. 토오루는 자각몽이 뭔지 알아?"

사키가 갑작스레 물었다.

"그 정도야 알지. 꿈속에 있다는 걸 자각한 채 꾸는 꿈을 말하는 거잖아?"

"맞아. 꿈속에서 지금 내가 꿈을 꾸고 있다는 걸 직감적으로 실감할 수 있는 꿈을 말해."

"설마, 이 세계가 자각몽이라고 말하려는 거야?"

"맞아."

이 세계가, 단순한 비유가 아니라 진짜 꿈속이라고? 믿기 힘든 정보가 계속 주어져서 혼란스러웠다. 내 머리가 정보를 거부하는 것만 같았다.

"자각몽의 특징이 뭔지 알아?"

"꿈을 꾸고 있다는 걸 자각할 수 있는 거 아냐?"

"응. 그거 말고."

"모르겠는데."

"자각몽은 말이지, 대부분의 일이 내 생각대로 이루어져."

그녀는 지금까지 벌어졌던 일 몇 가지를 예로 들었다. 그건 마치 내가 이 사실을 알게 됐을 때 날 설득하기 위해 준비된 것처럼 느껴졌고, 황당무계한 이야기를 믿게 하려고 미리 뿌려진 씨앗 같았다.

"상황이 토오루에게 유리하게 흘러갔던 기억은 없어?"

"…아까 말했던, 처음 만났을 때 사키가 갑자기 아르바이트로 투입됐다는 것 말고는 잘 모르겠는데."

"그렇구나. 그럼 피아노 선생님 댁에 갔을 때는?"

그 말을 듣자 순간적으로 떠오르는 점이 있었다.

"인터폰이구나."

"응. 레슨 중에는 늘 꺼놓는다고 했던 인터폰 소리가, 하필 우리가 갔을 때만 울렸지?"

"하지만 그것뿐이라면 단순한 우연일 수도……."

"저번에 둘이서 콘서트홀에 갔을 때도 도착하자마자 연주가 시작됐잖아. 그런 타이밍도 우리에게 유리한 쪽으로 상황이 흘러간 거야."

"……."

"내가 동네 콘서트의 오디션에서 떨어진 것도, 내가 토오루에게 바라는 건 콘서트 참가를 도와주는 게 아니었기 때문일 테고."

반드시 합격할 거라 믿었던 오디션. 그 탈락 이유가, 설마 그녀의 의지에 따른 것이었단 말인가?

"지금까지 그런 식으로 무의식중에 상황이 유리하게 흘러갔던 거야. 나와 토오루의 주위에선. 그리고……."

그녀가 말을 이었다.

"이곳, 토오루의 방에 내가 처음 왔을 때, 정말 좋은 타이밍으로 건드리지도 않은 조명이 꺼졌잖아? 그건 나랑 토오루가 그렇게 바랐기 때문에 때마침 그렇게 된 거였어."

"……."

때마침. 그녀가 지적할 때마다 내 일상에서 떠오르는 일들이 잔뜩 있었다.

하지만 내 안에 남은 상식이라는 이름의 이성이 그녀의 과격한 주장을 부정하고 싶어 했다. 이 세계가 꿈속이고, 진짜 세계에선 시즈쿠가 살아 있다고…?

"그럼 지금부터 내가 하는 말이 실제로 이루어지면, 믿어줘. 내 이야기를."

"…뭐?"

"과거의 청산은 이제 두 개 남았는데, 그건 토오루의 가족이야. 시즈쿠와 부모님."

"하지만 부모님은 멀리서 일하고 계셔."

국경을 넘어 해외에서 일한다는 뜻이었다.

"그러니까 지금부터 부모님이 돌아오길 기원해 봐. 나도 같이 기원할 테니까."

"설마······."

"응. 부모님이 돌아오시면, 믿어줘."

"하지만 부모님은 해외에 계신데······."

설령 지금 뭔가 중대한 일이 발생해서 부모님에게 '지금 당장 돌아와 줘.'라고 부탁한다 해도, 준비나 이동 시간을 고려하면 며칠은 걸린다. 그건 사키도 쉽게 예상할 수 있을 것이다. 그런데도 그렇게 단언한다는 건, 그게 가장 쉽게 믿을 수 있는 조건이기 때문이겠지.

"어려우면 어려울수록 믿기 쉽잖아?"

"······."

오늘의 나는 말문이 자주 막히고 있다. 하지만 어쩔 수 없다. 이 모든 게 너무나 어처구니없는 상황이었으니까. 순순히 믿고 받아들이는 게 비정상일 것이다. 그게 설령 좋아하는 사람의 말이라고 해도.

"오늘은 돌아갈게. 어려울지도 모르지만, 최대한 머릿속을 정리해 둬. 남은 시간은 이제 많지 않으니까."

"시간이라니……."

"8월 마지막 날이 제한 시간이야."

"……."

"만약에 믿기로 했다면 그 콘서트홀으로 와줘."

아무 대답도 하지 못하는 사이, 사키는 그 말만을 남기고 가버렸다. 멀리 들리는 사키의 발소리가 유독 선명하게 느껴졌다. 차라리 모든 게 꿈이라면 좋겠다고 생각했다가, 사키의 말대로라면 정말 그럴지도 모른다는 사실을 떠올리고 그냥 생각하기를 그만뒀다. 한없이 허무했다. 그만큼 비정한 현실이었다. 몇 번이고, 몇 번이고 한숨이 나왔다. 내 행복이 전부 도망가 버릴 만큼.

다음 날 아침, 집 안에서 들리는 소리에 잠에서 깼다. 평소 같으면 적막에 휩싸여야 할 집에서 그런 소리가 들리는 이유는 한 가지뿐이다.

쉽게 말해, 집 안에 사람이 있는 것이다.

졸린 눈을 비비며 멍한 머리로 생각했다. 집에서 아침부터 소리가 들린다는 사실. 그리고 그게 의미하는 바를.

아무래도 난 사키가 말했던 허황된 이야기를 믿을 수밖에 없게 된 것 같았다.

*

 잘 돌아가지 않는 머리로 한참을 생각하다가 해 질 녘에 집을 나왔다.
 여름의 저녁 무렵은 기온과 함께 동네가 차분해지는 느낌이 들어서 애절한 분위기를 자아냈다. 어디선가 들려오는 풍경 소리와 쓰르라미 울음소리에서 여름의 끝을 예감했다.
 나는 묘한 부유감 같은 것을 느끼고 있었다. 수면 부족이 원인이었다. 그토록 비현실적인 이야기를 듣고 쉽게 잠들 수 있을 리가 없었다. 날이 밝아올 때쯤에야 졸음이 몰려왔지만, 조금 자다가 이번엔 집안에서 나는 소리에 눈이 떠졌다. 그리고 그게 집에 돌아올 리가 없는 부모님이라는 것에 놀라며 내 의식은 완전히 깨어나고 말았다.
 이렇게나 반복되는 우연을 그저 단순하게 '우연'으로 치부할 수는 없을 테다.
 사키는 내가 진실을 빨리 받아들일 수 있도록 아주 오래전부터 여러 계획을 세워뒀는지도 모르겠다. 하지만 그런 배려가 마음 아팠다. 아무리 생각해도 그녀에 대한 지금 내 감정을 정확히 표현할 말은 없는 것 같았고, 그녀와 만나서 무슨 말이 하고 싶은 건지도 알 수 없었다. 하지만 약속은 약속이다. 사키가 말한 대로 부모님이 하루도 되지 않아 돌아오면서, 나는 그녀의 말이 엉터리가 아니었다는 걸 믿기로 했으니까 만나서 이야기를 해야만 했다.

작은 콘서트홀은 전에 방문했을 때와 바뀐 점이 없는 것 같았다. 이 풍경이 가짜라니. 올여름에 사키와 만나기 전에도 그녀와 이곳에 왔었다는 사실이 믿기지 않았다. 생각나지 않는다는 게, 그녀와 기억을 공유할 수 없다는 게 왜 이렇게 안타깝게 느껴지는 걸까.

"사키."

관객은 나와 사키, 두 사람뿐이었다. 관객석에 혼자 앉은 그녀에게 말을 걸었다. 우리를 제외하면 다른 관객이 없다는 것도, 관객이 둘뿐인데 콘서트가 열리는 것도 전부 우연이 아니라는 걸 난 이제 안다. 분명 내가 자리에 앉고 나면 때마침 연주가 시작될 것이다. 이 세계는 정확히 나와 그녀를 중심으로 돌아가고 있다.

"와줬구나."

"응."

"믿어준 거지?"

"…믿을 수밖에 없었던 것뿐이야."

나도 자리에 앉았다. 그녀 옆에, 예전 그날처럼. 그러자 잠시 뒤에 연주가 시작되었다.

"여기도 며칠 만에 오네."

"응."

뭐라고 대답해야 좋을지 알 수 없었다.

"『달빛』, 참 좋은 곡이지?"

"응."

"토오루는 말이야."

"응."

"……."

"……."

그녀와 나 사이에 거북한 침묵이 내려앉았다.

사키는 입을 다물었다. 내 상태를 보고 평소보다 밝게 행동하려고 했을 테지만, 내겐 그걸 받아줄 만한 여유가 없었다. 예전처럼 대할 수는 없다. 무슨 대화를 하든 어색함을 지울 수 없을 테고, 어떤 말로도 지금의 내 감정을 정확히 표현할 수 있을 것 같지 않았다. 오히려 어설프게 입을 열었다가 필요 없는 말까지 꺼내서 지금보다도 더 불편한 분위기가 될지도 모른다. 그래도—.

"저기……."

"난 사키의 말을 믿게 됐으니까 여기에 온 거지만, 뭐라고 말해야 좋을지 모르겠어."

그녀의 말을 가로막으며 솔직한 심정을 토로했다. 그녀에 대한 분노나 슬픔, 허무함을 그녀 본인에게 쏟아내는 건 불공평하겠지만, 그렇다면 이 감정을 어떻게 해야 할까.

하지만 사키는 다른 화제를 꺼냈다.

"…부모님이랑 이야기해 봤어?"

"갑자기 왜?"

"과거의 청산. 부모님과 시즈쿠를 청산하는 일이 남았다고 했잖아."

사키가 내 부모님의 귀가를 바란 이유를 이제야 깨달았다. 이 현실을 믿게 하기 위함만이 아니라, 나의 과거를 청산시키기 위한 그녀의 계획 중 일부였을 테다. 그리고 그녀는 이렇게 되리란 걸 올여름에 나와 처음 만나기 전부터 예상했으리라.

"청산하고 말고 할 것도 없어. 우리 가족은 와해되지 않았고, 심각한 갈등이 있는 것도 아니야. 다만 시즈쿠의 죽음이라는 현실을 받아들이지 못한 부모님이 도피처로 일을 선택했고, 반대로 난 도피할 방법이 없었을 뿐이야."

"그래도. 뭔가 해야 할 일이 있지 않아?"

그렇게 말해도 생각나는 건 아무것도 없었다. 내가 아무 말도 못 하고 있자 사키는 한 번 더 질문했다.

"어떤 가족이었어?"

어떤 가족이라. 그 질문은 내가 필사적으로 생각하지 않으려 했던 과거의 행복했던 가정을 떠올리게 했다.

원만한 가정이었다. 부모님 모두 음악과 관련된 일을 했고 많이 바빠서 네 식구가 식탁에 앉아 식사한 적은 별로 없었다. 하지만 내가 피아노를 시작한 것도, 시즈쿠가 바이올린을 시작한 것도, 그런 우리가 함께 무대에 서는 것을 목표로 하는 것도 부모님은 진심으로 기뻐하며 응원해 주었다. 아무리 바쁘더라도 나와 시즈쿠의 중요한 콩쿠르 때는 꼭 보러와 줬다. 음악이 중심이긴 했지만, 그 음악이 가족을 하나로 이어줬다.

과거의 기억이 눈부시게 느껴졌다.

"……."

나는 그 무렵을 갈구하고 있다.

음악이 없어도 상관없다. 난 부모님을 기쁘게 할 방법으로 어릴 때부터 음악을 선택한 것뿐이니까.

그저 화목한 가족이 좋았던 것뿐이다.

"뭔가 생각나는 게 있어?"

"…아니, 아무것도."

"그래?"

"응. 부모님이 집에 계시는 동안에 이야기해 볼 테니까 됐어."

"그렇구나. 그럼 됐어."

애초에 사키의 허황된 이야기를 사실로 인정해 버린 시점부터 청산 따위는 중요한 일이 아니게 됐다.

"청산 같은 걸 해도 의미가 없지 않아?"

그게 논리적으로 맞다고 생각했다. 이제 와서 청산 같은 걸 해봐야 가짜인 이 세계에서 벌어진 일은 이제 곧 완전히 사라지고 만다. 내가 존재했다는 사실도, 무언가를 시도했다는 흔적까지 전부 사라져 버린다. 그러니 그런 일을 하는 게 무슨 소용이란 말인가.

"그렇지 않아. 의미는 있어."

"무슨 근거로 그런 소릴 하는 거야. 누구의 기억에도 남지 않을 지금의 우리가 무슨 일을 하든……."

"소용없지 않아."

사키의 말에는 반론을 허락하지 않는 강한 힘이 담겨 있었다. 아직 근거를 제시한 건 아니기에 납득할 수는 없어도, 난 사키의 말에 입을 다물 수밖에 없었다.

침묵 사이로 차분한 선율이 흘렀다. 서정적인 음악이 조용한 연주회장 안에 슬프게 울려 퍼졌다. 지금 듣기에는 너무 감상적이라는 생각이 들었다.

"토오루는 나한테 하고 싶은 말이 있잖아."

"……."

"이해할 수 없는 게 있다면 뭐든 물어봐도 되고, 하고 싶은 말이 있다면 뭐든 들어줄게."

"뭐야, 그게."

"내가 할 수 있는 일은 이제 이 정도밖에 없으니까. 그러니까, 자. 사양할 필요 없어."

"……."

"하고 싶은 말은 해도 돼. 토오루는 계속 참아왔잖아."

내가 무슨 말을 하고 싶은 건지 알 수도 없었고, 애초에 아무 말도 하기 싫었다. 무슨 말을 하든 의미가 없다고 생각했으니까.

그런데도 그녀는 "자, 말해봐."라고 재촉했다.

그래서 나는 마지못해, 조용한 멜로디에 묻힐 만큼 작은 목소리로 중얼거리듯 말했다.

"…난 어째서 사키를 잊어버린 걸까?"

하지만 한 번 입을 열고 나자 더 이상 막힐 것은 없었다.

"그건 기억을 잃어버렸으니까 어쩔 수 없이……."

"그런 게 아니고, 어째서 기억을 잃어버린 건가 해서 말이야. 이런 말을 해봐야 달라지는 건 없을지도 모르지만, 어쩔 수 없었다는 말로 체념할 수 있는 일은 아닌 것 같아. 이런 건… 너무해."

"응, 그러네……."

감정이 넘쳐흘렀다. 이름도 모를 감정이 작은 출구를 찾아내자마자 터져 나왔고, 그 출구는 서서히 넓어졌다. 꺼내선 안 될 감정과 말이 잇따랐다.

"…시즈쿠를 희생시킨 세계 따윈 필요 없어. 그런 세상을 용서할 수 있을 리가 없잖아."

아무것도 배려하지 않은, 그야말로 내 입장만 생각한 말이 흘러나왔다.

"나를 알았다면, 처음부터 알려줬으면 됐잖아."

아마도 지금까지의 많은 과정을 거치지 않았다면 나는 사키의 말을 믿으려 하지도 않았을 것이다. 그래서 이제야 고백했다는 사실을 모르는 건 아니었지만, 한 번 터져 나오기 시작한 말은 멈출 수가 없었다.

"나더러 어쩌라는 거야? 이제 와서 그런 말을 듣는다고 쉽게 받아들일 수 있을 거 같아? 애초에 내가 다 잊어버렸다는 걸 알면서, 왜 나한테 이런 사실을 알려준 건데?"

사키에게 이런 말을 한다고 달라지는 건 없다. 하지만 나를 막을 수가 없었다. 말할 수밖에 없었다. 그게 지금까지 내가 견뎌온 것에 대한 보상이라는 생각마저 들었다.

"나도 이 세계 속 사람들처럼 아무것도 모른 채로 끝났다면, 이런 고민은 하지 않아도 됐잖아."

그것 역시 본심이었다.

"지금까지 내가 힘들었던 건 대체 뭐냐고! 내가 시즈쿠에게 느꼈던 죄책감은 대체 뭐였어! 어째서 시즈쿠가 죽어야만 했는데! 난 뭘 위해서 계속 견뎌왔던 거냐고······."

도저히 못 들어줄, 완전히 자기중심적이고 제멋대로인 말을, 사키는 그저 묵묵히 들으며 받아들일 뿐이었다.

"왜 아무 말도 안 하는 거야···!"

그런 그녀에게 내 분노를 있는 그대로 쏟아냈다.

"토오루의 말이라면 어떤 이야기든 받아들이기로 정했으니까."

"···뭐야, 그게."

비참했다. 어리석었다. 충동적인 행동은 종종 후회의 원인이 된다는 걸 누구보다 잘 알고 있을 텐데, 그걸 가장

제6장 짧은 잠의 카운트다운

해선 안 될 상대에게 하고 말다니.

"사키도 무슨 말이든 해줘."

"안 할 거야."

"하고 싶은 말을 하고, 날 비난해 줘……."

"안 해."

지금은 부드럽게 연주되는 피아노 선율마저도 나를 비난하는 말로 바뀌길 바랐다.

"…사키는 대체 왜 끝이 뻔한 관계를 쌓아온 거야? 어차피 괴롭기만 하잖아."

결국은 그거였다.

나와 사키에게, 그리고 이 세계에 미래는 없다. 그런데 어떻게 웃으면서 미래에 관한 이야기를 할 수 있었던 걸까? 어째서 나와 깊은 관계를 맺은 걸까? 어째서 괴로워질 걸 알면서도 나와 만난 걸까? 어째서, 어째서, 어째서.

"사키는 괴롭지 않은 거냐고."

"……."

"나는 견디기 힘들 만큼 괴로워."

다양한 이유를 늘어놨지만, 결국 내 가슴을 억죄고 괴롭히는 감정의 가장 큰 원인은 사키와의 미래를 기대할 수 없다는 점이었다. 이럴 바엔 만나지 않는 게 나았다는 생각이 들 만큼.

"난 사키와의 미래가 없다는 게 괴로워."

이대로 함께 있어도 파국으로 향할 뿐이라고 생각했다. 그래서······.

"난 사키와 같이 있는 게 괴로워."

그렇게 말하고 말았다.

후회 따윈 아무래도 상관없었다. 이제 아무리 후회한들 더 이상 잃을 것도 없었으니까.

자리에서 일어나 연주회장을 빠져나왔다. 연주 중에 자리를 뜨는 건 생전 처음이었다. 하지만 이런 내 어리석은 행동조차 며칠 뒤면 전부 사라져 버릴 테니까, 아무래도 좋았다.

내가 밖으로 나가는 순간까지, 그녀는 아무 말도 하지 않고 눈도 마주치지 않았다.

나가기 직전에 본 사키의 고개 숙인 옆모습이 뇌리에 깊이 새겨지는 것 같아서, 또 한 번 마음이 깊게 도려내지는 기분이 들었다.

*

정처 없이 길을 걸었다.

해도 거의 저물었다. 부럽다는 생각이 들었다. 밤이 찾아와서 태양의 존재가 사람들 눈에 보이지 않게 되더라도 다음날이 되면 또 아침의 해가 뜬다. 그게 부러웠다.

아침에 일어나고, 그녀와 만나고, '그럼 내일 봐.' 하고 말하며 헤어지고, 자고, 일어나고, 또 그녀와 만나고. 생각해 보면 나의 올여름은 그런 일상으로 이루어졌다. 해가 뜨고 지는 것처럼, 나는 그런 당연한 일상을 그녀와 함께 보냈던 것이다.

하지만 아무 예고도 없이, 아마 나와 사키를 제외한 다른 사람들은 아무것도 알지도 못한 채로, 며칠 뒤면 이 세계는 종말을 맞이한다. 그녀와 보내는 당연해진 일상이 갑자기 사라진다.

실감은 나지 않지만, 예감은 들었다. 이제 곧 꿈에서 깨어날 거라는 예감이 맴돌고 있었다.

시즈쿠가 죽고, 그 덕분에 나와 사키가 무사해진 이 만약의 세계. 가짜 세상에서 나와 그녀는 꿈을 꾸었다. 만나서, 시간을 공유하고, 사랑을 하고, 행복을 실감하는, 그런 꿈을 꾸었다.

"휴우……."

무의식중에 학교로 온 모양이다. 낯익은 건물이 보였다. 한동안 사키와의 약속 장소가 되었던 추억의 장소. 그녀와의 추억마저도 사라져 버린다고 생각하니 도저히 견딜 수 없었다.

이제 슬슬 정문이 닫힐 시간이었지만 아직 학교에 들어갈 수는 있는 것 같았다. 이것도 내가 무심코 바란 덕분에 상황이 유리하게 진행되는 걸지도 모른다. 하지만 그런 생각을 해봐야 부질없었다.

아무 생각도 하기 싫어져서 음악실로 향했다.

피아노를 치고 싶었다. 손가락이 둔해져서 제대로 연주할 수 없을지도 모르지만, 그래도 머릿속을 비우는 방법으로는 가장 효과적일 거라 생각했다. 악기를 연주할 때는 연주에 대한 것만 생각할 수 있을 테니까.

음악실에 들어가서 불도 켜지 않고 바로 피아노로 향했다. 나는 달빛이 새어 들어오는 어둑어둑한 교실에서 건반을 두드렸다. 내가 유일하게 기억하는 곡. 콘서트의 여섯 번째 곡, 이름도 모르는 곡. 그 곡을 정신없이 계속 연주했다. 엉망진창으로 뒤섞인 감정을 건반 위에 쏟아내

듯이. 나의 감정이 소리로 바뀌어 교실을 가득 채웠다.

"……."

하지만 허무해질 뿐이었다. 따지고 보면 이 곡도, 다른 다섯 곡도 사키와의 추억이 담긴 곡이었다. 귀로 들으면 무조건 그녀의 모습을 떠올릴 수밖에 없다. 그러고 보니 콘서트에서 연주되었던 다섯 개의 곡명이 그 수수께끼의 휴대폰 단말기에 적혀 있었다. 나와 사키의 과거가 소설처럼 기록된 내용이었다.

첫 번째 곡인 『달빛』에서는 만남을 묘사했고, 두 번째 곡인 『비창』에서는 만남에 따른 변화를 그려냈다. 세 번째 곡인 『사랑의 슬픔』에서는 두 사람이 함께 보낸 시간을 기록했고, 또 네 번째 곡 『죽은 왕녀를 위한 파반느』에서는 관계의 변화를 적었다. 나는 여기까지밖에 읽지 못했으니까 알 수 없지만, 분명 다섯 번째 『이별의 곡』에서는 사고에 관한 내용과 그 뒷이야기가 적혀 있을 것이다.

그렇다면 여섯 번째의 『―』라고만 표기된, 이름이 없는 곡의 항목에는 어떤 내용이 적혀 있을까? 이 꿈속 가짜 세계에 들어온 뒤의 일들을 적은 걸까? 나 자신에 관해 잊어버린 나와 다시 만날 때까지 있었던 일을 적은 걸까? 그게 너무나 궁금해졌다.

그녀는 중학생 시절에 나와 처음 만났고, 그 뒤로 쭉 날 동경하며 지켜봤다고 한다. 그러다가 드디어 시간을 공유하게 되어 관계를 발전시키려는 순간에 사고를 당했고, 나는 기억을 잃었다.

그때 사키는 얼마나 큰 절망을 느꼈을까. 오랫동안 품었던 마음이 보답받으려는 순간에 모든 것이 사라졌다면, 과연 어떤 심정일까. '좋아한다'는 감정을 알게 된 지금의 나라면 그때의 사키가 느꼈을 감정을 어느 정도는 짐작할 수 있었다.

그럼에도 사키는 나와의 관계를 포기하지 않았다. 내게서 잊혔으면서도, 이런 가짜 세계에 오면서까지도 사키는 단념하지 않았다. 얼마나 견뎌내야 했을까. 얼마나 노력해야 했을까. 얼마나 마음이 부서지는 것 같았을까. 상상만으로도 마음이 아팠다.

사키는 언제나 나를 생각해 주었다. 나와 처음 만나기 전에도, 그리고 만난 뒤에도. 나는 계속 사키의 도움을 받아왔다. 이 세계의 정체를 믿게 만들 타이밍을 계획해 주었고, 후회가 남지 않도록 내 곁에서 청산을 도와주었다.

분명 사키의 진짜 목적은 나와 사귀는 게 아니었을 것이다. 내가 원래 세계로 돌아가면 아무것도 기억하지 못할 수도 있으니까, 지금 후회가 남지 않도록 도와줬던 게 아닐까.

어쩌면 사키는 기억을 잃은 나 따위보다도 훨씬 큰 죄책감을 느꼈는지도 모른다. 시즈쿠의 사고를 눈앞에서 목격했을 뿐만 아니라 이런 세계를 바란 탓에 그렇게 되어 버렸다는 사실을 오직 그녀 혼자 알고 있었으니까.

누구에게도 털어놓지 못하고 모든 걸 혼자 끌어안고서. 그런데도 사키는 힘든 표정 한 번 보인 적이 없었다. 눈물 따윈 흘리지 않았다.

사키가 눈물을 보였던 건 두 번뿐이다.

그건 내가 사키를 위해 그 곡을 연주했을 때와 사귀어 달라고 고백했을 때였다. 기쁨의 눈물이라 할 수도 있었다. 하지만 그녀의 눈물에는 기쁨 외의 감정도 담겨 있었을 것이다.

사키는 그동안 나와의 관계가 발전할 때마다 이 꿈의 끝, 즉 관계의 끝을 슬퍼하고 있었다.

난 아무것도 알아차리지 못했다. 이렇게 되기 전까지는 아무것도 보지 못했다.

그녀가 계속 혼자 이런 감정과 마주하고 있었다는 것을.

"사키……."

후회스러웠다. 난 그녀와 만난 뒤부터 후회만 하고 있다. 하지만 사키와의 만남을 후회하진 않았다. 앞으로는 그 무엇도 후회하지 않을 거라고, 마음속으로 맹세했다.

지금 당장 전하고 싶은 말이 있다. 전해야만 하는 말이 있다. 망설임 같은 건 필요 없다. 후회하지 않기 위해 행동할 뿐이다.

사키, 사키, 사키!

마음속에서 그렇게 몇 번이나 외쳤다. 떨리는 손으로 휴대폰을 조작해 그녀에게 전화번호를 표시했다. 어쩌면 아직 연주회장에 있어서 알아차리지 못할 수도 있지만, 아무것도 하지 않고 가만히 있을 수는 없었다.

"받아줘, 사키……. 앗."

"무슨 일이야, 토오루."

뒤를 돌아보자 음악실 입구에서, 귓가에 휴대폰을 댄 사키가 서 있었다.

"사키……."

"여기 있어."

그 대답이 견딜 수 없이 기뻤다. 그녀가 눈앞에 있어 준다는 사실이 너무 기뻤다. 무엇보다도 전하고 싶은 말을 제대로 전달하기 위해서, 난 그녀의 곁으로 다가갔다.

그리고 똑바로 마주 서서 사키의 눈을 바라보며 말했다.

"고마워."

어안이 벙벙한 듯 나를 바라보는 사키에게, 계속해서 말했다.

"늘 고마웠어."

"……."

"계속 도와줘서 고마워."

"……."

"나와 만나줘서 고마워."

멍하니 내 말을 듣는 사키의 표정이 서서히 곤혹스럽다는 듯이 바뀌었다. 난감한 것처럼 웃으면서도 끝까지 내 이야기를 들어주고 있었다. 난 참지 못하고 그런 그녀를 끌어안았다.

"계속 힘들었지?"

나로서는 절대 상상할 수도 없겠지만.

"오랫동안 널 혼자 놔둬서 미안해."

"……."

"많이 노력했던 거지?"

"…흐으."

흐느끼는 소리를 들으며 내 손을 사키의 뒤통수로 뻗

었다. 그리고 건반을 건드리는 것보다도 훨씬 부드럽게, 그녀의 머리를 쓰다듬었다.

"…아아, 흐으으……."

그녀는 내 품 안에서 울고 있었다. 소리 죽여 울고 있었다. 이제 참지 않아도 돼. 그런 마음을 담아 머리를 쓰다듬었다.

"정말로 고마워."

그리고.

"좋아해."

한동안 그녀가 흐느끼는 희미한 소리만이 들려왔다.

제7장

꿈의 끝에서 너를 생각한다

8월 27일

"처음 뵙겠습니다. 토오루와 사귀는 히나타 사키라고 합니다."

사키가 의젓하게 말했다. 긴장감을 억누르면서도 시선을 피하지 않았다.

"……."

"……."

부모님은 갑작스러운 방문에 당황하고 있었다. 아들의 여자친구라는 소개를 듣고 벌어진 입을 다물지 못하는 게 멋쩍었지만, 아무래도 좋았다.

나와 사키는 결국 남은 시간 동안 과거의 청산을 이어가기로 했다. 꿈속에서나마 추억을 만들까 싶기도 했지만, 사키가 제안한 건 과거의 청산을 계속하는 것이었다. 그래서 나는 그에 따르기로 했다.

제일 먼저 청산하고자 정한 것은 부모님이었다.

"아빠, 엄마. 내 여자친구야."

내 말에 간신히 정신을 차린 부모님은 "그래, 안녕. 반갑구나." 하고 아직도 놀라움을 감추지 못하는 표정으로 대답했다.

"바쁘시다고 들었는데, 갑자기 찾아와서 죄송합니다."

"아, 아냐. 토오루는 옛날부터 피아노에만 빠져 살아서 친구 같은 걸 데려온 적은 없었으니까. 너무 놀라서……."

"엄마, 친구가 아니라 여자친구라니까."

"어, 어어. 그랬지."

당황해서 어쩔 줄 모르는 엄마와 입을 꾹 다물고 있는 아빠. 지난 2년 동안 얼굴 볼 기회도 많지 않았던 부모님에게 여자친구를 소개한다니, 떨릴 수밖에 없었다. 하지만 나보다 더 긴장한 부모님을 보니 마음이 놓였다.

"토오루랑 처음 만난 건, 피아노를 통해서였어요."

가장 많이 긴장하고 있을 사람이 대화를 이끌고 있었다. 사키가 갑자기 나랑 처음 만났을 때의 이야기를 꺼내길래 살짝 당황하며 그녀를 돌아보았다. 이제 보니 사키도 압박감을 느끼고 있는 듯했다. 부모님과 여자친구가 같이 대화를 나누는 모습을 보고 있자니 기분이 묘했다.

그래도 사키는 어느샌가 여유를 되찾았고, 부모님도 그런 그녀의 노력이 마음에 든 것 같았다. 엄마와 사키가 함께 점심을 준비하는 모습은 내가 그리던 이상적인 광경처럼 느꼈다. 여기에 시즈쿠만 있었다면……. 나도 모르게 그런 생각이 들었다.

난 시즈쿠가 살아 있던 그 시절의 우리 가족을 바라고 있다. 시즈쿠가 사라진 지금은 예전으로 돌아갈 수 없겠지만, 그래도 시즈쿠의 죽음을 외면하기만 하는 게 아니라 함께 받아들이고 서로 의지하면서 극복하기를 바라는 것이다.

"착한 아이 같던데."

"응."

아빠와 대화하는 건 올해 정월 이후 처음이었다. 난 아빠가 연주하는 피아노를 또 듣고 싶었고, 엄마가 만드는 음식을 또 먹고 싶었다. 그런 식으로 조금씩이나마 따뜻한 가정을 되찾고 싶었다.

"아빠. 이제 시즈쿠의 죽음에서 도망치는 건 그만하자."

"······."

내가 그렇게 말하자 아빠의 표정이 쓰게 일그러졌다.

"난 여자친구 덕분에 잘 살고 있어. 그러니까 걱정하지 않아도 돼. 하지만 아빠랑 엄마하고도 옛날처럼 편하게 이야기하고 싶어."

"토오루······."

"나도 시즈쿠를 먼저 보낸 게 너무 슬프고 엄마 아빠가 어떤 심정인지 잘 알아. 그러니까 조금씩, 아주 조금씩이라도 서로 노력해 보자."

이게 나의 근본적인 바람이었고, 시즈쿠를 위한 최선의 추모가 될 거라고 생각했다. 자기 때문에 가족이 뿔뿔이 흩어졌다는 걸 알게 된다면, 우리 가족을 사랑했던 시즈쿠는 슬퍼하고 화를 낼 테니까.

"···내일부터 또 일하러 가야 해."

"일은 열심히 해줘. 활약하는 소식을 들으면 아들로서 자랑스럽기도 하니까. 하지만······."

지난 2년 동안 계속 참아왔던 말을 꺼내려고 준비했다. 그녀가, 사키가 마련해 준 기회를 헛되이 할 순 없었다.

게다가 이게 내 나름대로의 청산일 테니까.

"여유가 생기면 또 집으로 돌아와 줘. 또 이렇게 밥을 먹고, 이야기를 하고 싶어."

내 솔직한 마음을 전달했다. 얼굴을 맞대며 숨김없이.

"…그래, 그래. 당연하지. 꼭, 다음엔 최대한 빨리 돌아올게."

내가 마음속 어딘가에서 간절히 바랐던 대답이 아빠의 입에서 흘러나왔다. 이렇게나 쉽게, 이렇게나 간단히. 이런 일이 가능한 건 사키가 있어 준 덕분이다.

이제 곧 끝나버릴 세계니까 이 세상에서 부모님과 생활할 수는 없겠지만, 이젠 상관없었다. 그 말을 들은 것만으로도 나는 만족했다. 그 뒤에는 엄마와 사키가 만들어 준 요리를 먹고, 아빠가 연주하는 피아노를 들었다. '피아노'라는 단어를 들었을 때, 내가 가장 먼저 떠올리는 피아노의 음색은 언제나 아버지의 연주였다. 그래서일까. 너무나 그리운 기분이 들었다. 사키는 프로의 연주를 콘서트보다도 훨씬 가까운 특등석에서 들을 수 있다는 사실에 감개무량한 듯했다.

그리고 나에게나 사키에게나 가장 익숙한 곡을 아빠가 연주해 주었다. 학생 시절, 집안 사정으로 멀리 떨어져야만 했던 엄마에 대한 마음을 담아 아빠가 작곡한 곡이었다고 한다. 음악 애호가인 동네 자치 단체장이 우연히 그 곡을 듣고 콘서트의 연주곡으로 올렸다나. 우리가 늘 보러 갔던 동네 외곽의 조촐한 콘서트. 그 마지막 여섯 번째 곡이었다.

"아빠, 그 곡의 제목이 뭐야?"

나도, 그리고 사키도 계속 궁금했던 곡의 제목.

"제목? 다른 사람들 앞에선 연주할 일이 거의 없고, 엄마 아빠의 추억이 담긴 곡이라서 특별히 공식적으로 정한 제목은 없는데. 아, 당시에 붙인 제목은 『Another time』이었어. 괜히 있어 보이려고 잘 알지도 못하는 영어를 썼더랬지. 직역하면 '언젠가 또'. 네 엄마와 언젠가 또 만났으면 하는 바람을 담아서 붙인 제목이야."

궁금했던 곡명을 이제야 알 수 있었다. 그 이름의 의미까지도. 이야기를 듣자마자 나와 사키는 서로의 얼굴을 보았다. 그리고 마주 웃었다. '우리에게 딱 맞네.' 하고.

그날 사키는 가족끼리 오붓한 시간을 보내라면서 일찍 돌아갔다. 그녀의 말대로 난 그날만큼은 부모님과 같은 시간을 공유했다. 그야말로 가족끼리 오붓한 시간을 보내면서 부모님이 없는 사이 겪었던 일들을 잔뜩 이야기했다.

나답지 않은 일이긴 해도 정리할 수 있어서 다행이었다. 적어도 이 세계의 부모님과는 이제 만날 일이 없을 테니까 일종의 작별 인사 같은 시간이었는지도 모르겠다.

이렇게 해서 나는 또 하나의 후회를 해결했고, 이 세계에 대한 청산을 완료했다.

8월 30일

우리는 꿈의 끝으로 향하고 있다는 사실을 분명하게 느끼고 있었다.

꿈을 꾸는 나와 사키를 중심으로 만들어진 세계였기에 꿈의 끝에 가까워짐에 따라 우리와 상관없는 것들은 차례차례로 사라진다고 사키가 말했다. TV를 켜도 대부분의 채널이 나오지 않았고, 운행되는 전철의 숫자도 확연히 줄어들었다. 거리의 풍경도 왠지 활기를 잃은 느낌이니까 어쩌면 주민 자체가 줄어든 건지도 모른다.

"그럼 시즈쿠 양에 관한 걸 청산하러 가자."

사키는 그렇게 말하며 어딘가로 향했다.

"청산이라면 뭘 하려는 거야?"

"마음 같아선 시즈쿠 양의 꿈이었다던 토오루와의 이중주 콘서트를 열고 싶지만……. 내가 시즈쿠 양을 대신해서 바이올린을 연주할 수는 없으니까, 그건 탈락."

사키는 생각이 깊은 사람이라는 사실을 실감했다. 과거의 청산이란 것도 내가 반드시 해야만 하는 일을 그녀의 손으로 찾아준 것이리라. 아마 오늘도 그럴 테다.

"그래서 시즈쿠 양의 무덤을 만들어 주고 싶어."

"……."

"무례하게 느껴질 수 있는 말을 꺼내서 미안해. 하지만 전에 무덤을 만들지 않았다는 말을 듣고, 이 세계의 시즈쿠 양에게는 이게 가장 중요한 일일 거라고 생각했거든."

진짜 세계의 시즈쿠는 살아 있기 때문일까. 사키는 '이 세계'라는 말을 거듭 강조했다.

"그러네. 그렇게 하자."

내 표정을 주의 깊게 살피는 사키를 보며 대답했다. 나를 위해 고민한 끝에 내린 결론이라는 걸 알고 있는데 내가 어떻게 화를 낼 수 있을까.

"정말로 많이 생각해 줬구나. 고마워."

대신 감사의 말을 건넸다. 내 말을 듣고 멍해진 그녀를 놔둔 채 먼저 걸어갔다.

"어, 아아! 잠깐, 나만 두고 가면 어떡해!"

무덤이라고 해봐야 그렇게 거창한 건 아니었다. 적당한 크기의 묘비를 사서 시즈쿠와의 추억이 담긴 장소에 세우는 간단한 작업이었다.

어릴 때 가족끼리 갔던 산속 언덕에 도착했다. 눈앞에 펼쳐진 바다, 석양이 지는 하늘은 내가 인생 최고의 절경이라고 해도 과언이 아니었다. 거리가 조금 멀긴 하지만 여기까지 오길 잘했다는 생각이 들었다.

"좋은 곳이네."

"응. 가족끼리 왔던 추억의 장소야."

"그렇구나. 추억의 장소……."

사키는 '추억의 장소'라는 말을 곱씹듯 중얼거렸다.

"왜?"

"아니, 아무것도 아냐. 여기에 부모님도 함께 오셨으면 좋았을 것 같아서."

"부모님 일에 여유가 생긴다면, 다음에는 셋이서 올게."

이제 그럴 시간도 가능성도 없지만 일부러 그렇게 말했다. 만약 계속 기억할 수만 있다면, 원래 세계에서도 이

곳을 찾아 꼭 다시 올 거라고 생각했으니까. 가족 네 명이서 말이다. 그리고 언젠가, 사키까지 더해 다섯이서 보러 오고 싶다는 생각도 했다.

수평선이 특히 예쁘게 보이는 장소에 시즈쿠를 위한 장소를 만들었다. 미리 이름을 새긴 커다란 비석을 세우고, 시즈쿠가 좋아한 곡의 악보와 좋아하는 음식인 조금 비싼 멜론을 놔두었다.

"고등학생으로서는 분발한 거라고."

시즈쿠의 묘비를 향해 그렇게 말했다. 여전히 가슴속에 후회와 죄책감이 남아 있긴 하지만, 그래도 아주 조금쯤은 내려놓은 기분이 들었다. 이제 미래를 보면서 살아가도 되겠지? 마음속으로 그렇게 시즈쿠에게 물어보았다. 당연히 대답 같은 건 돌아오지 않았지만 그래도 마음이 따뜻해졌다.

'괜찮아. 마음속에 계속 날 간직해 줘서 고마워.'

그런 시즈쿠의 마음이 전해져 오는 것만 같았다.

"사키, 고마워."

"요즘은 그 말만 하는 것 같지 않아?"

"고맙다는 말로도 표현하기 어렵거든."

전부 사키 덕분이다. 시즈쿠를 이렇게 똑바로 마주 볼

수 있게 된 것도, 미래를 생각할 수 있게 된 것도. 가짜 세계라고 해서 의미가 없는 건 아니다.

"그럼 이제 돌아갈까?"

"석양을 본 게 추억이라며. 그냥 가도 괜찮겠어?"

"응, 괜찮아. 돌아가려면 오래 걸리고, 언젠가 분명 다시 보러 올 수 있을 테니까."

"그렇구나."

후련한 기분이었다. 이런 감정을 느낄 수 있을 거라고는 상상도 하지 못했다. 나는 확실히 후회를 정리하고 있다. 나 자신을 청산하고 있다.

하지만 그와 동시에 끝이 가까워지는 것 역시 아플 만큼 실감하고 있었다.

먼 길을 되돌아갔다. 버스와 전철을 갈아타며 우리 동네로 향했다. 나와 사키에게 관련이 없는 장소는 대부분 백지로 변해 있었다. 나와 사키만을 태운 전철은 길도 철로도 보이지 않는, 그런 하얀 장소를 계속해서 달려갔다.

마치 어떤 것에도 물들지 않은 순백의 세계 같았다. 이 세상의 것이 아닌 듯한 아름다운 광경인 동시에 한없이 슬픈 풍경이었다.

내가 살던 세계가 백지로 변하고 있다.

"정말로 끝나는 거구나."

"응······."

나와 그녀의 목소리만이 공허하게 울렸다.

―적어도 이 세계의 마지막까지는 함께 있자.

아직 형태가 남아 있는 우리 동네로 돌아왔다. 익숙한 장소에서 바라본 거리의 풍경은 평소와 다를 게 없었지만, 전철을 타고 왔던 길은 텅 비어 있었다. 현실감 없는 꿈에서 깨어나는 중인 것만 같았다. 여기가 꿈의 세계라는 걸 어쩔 수 없이 통감했다.

"청산, 끝났네."

내가 말했다.

"······."

대답은 돌아오지 않았다. 사키가 말한 청산은 전부 끝났을 것이다. 과거의 청산을 끝내면 진짜 의미의 연인 사이가 되자고 했었다.

"끝나지 않았어."

하지만 그녀는 고개를 가로저었다.

"그게 무슨······."

"끝나지 않았어."

"그건······."

"응. 아직 청산해야 할 일이 있어."

시각은 자정을 넘으려 하고 있다. 밤이 깊어진 동네. 낮의 소음은 자취를 감추고 정적으로 가득한 밤의 얼굴이 드러났다. 가로등의 불빛과 달빛이 그녀를 비추고 있었다. 그게 무척이나 아름다워 보였다. 희미한 광원에 비친 그녀는 슬픔이 담긴 표정으로 말했다.

"내가 남아 있어."

날짜가 바뀌었다. 그와 동시에 그녀의 휴대폰 단말기의 남은 시간이 【24:00】으로 줄어들었다.

마지막 날이 찾아왔다.

8월 31일

"토오루, 그것 좀 줘."

여름방학 마지막 날. 여름의 끝이자 꿈의 끝, 세계의 마지막 날.

우리는 평소와 크게 다를 것 없는 하루를 보내고 있었다. 장을 보러 가고, 이렇게 같이 음식을 만들어 먹으며 별것 아닌 대화로 이야기꽃을 피웠다. 그런 평범한 일상이 즐겁고 행복했다.

"멀리 떠나거나 낯선 곳에 가는 것도 특별하고 좋지만, 우리가 지금까지 둘이서 쌓아온 시간은 그 이상으로 특별해. 그러니까 계속 쌓아온 특별함을 마지막까지 즐기고 싶어."

사키의 말투에는 무언가를 그리워하는 듯한 울림이 섞여 있었다. 어쩌면 마지막과 직면하면서, 지금까지 겪었던 일을 되짚어 보는 건지도 모르겠다. 사키가 기억하는 나와의 시간은 내가 기억하는 것보다 훨씬 길 테니까.

"아, 그래도 날이 저물기 전에 가보고 싶은 곳이 있어."

"어딘데?"

"말했잖아. 나에 관한 것도 청산할 거라고."

그런 말과 함께 향한 곳은 지금까지 나와 사키가 자주 들렀던 학교 음악실도 그 콘서트홀도 아닌, 조금 먼 곳에 있는 꽃밭이었다.

"와아, 아직 전철이 있어서 다행이네."

"중간에 본 풍경은 대부분 새하얗지만 말이지."

"눈 내린 풍경하고 비슷하려나?"

"내린다기보다, 땅에서 하늘로 올라가는 느낌 아니야?"

우리 눈에 비친 풍경이 백지로 변하고 있었다. 이 세계에 기억된 풍경은 일말의 흔적도 남기지 않고 입자로 변해 하늘로 올라갔다. 아름답긴 해도 한없이 쓸쓸한 광경이었다.

다행스럽게도 그녀의 목적지인 꽃밭은 그 형태가 선명히 남아 있었다. 분명 사키의 기억에 강하게 남은 장소라서 사라지지 않은 것이리라.

"어쩌면 이제부터는 전철까지 사라질지도 몰라. 여기가 이 세상의 마지막 장소가 되어버릴 수도 있는데, 괜찮겠어?"

"응. 사키가 좋아하는 장소라면, 난 여기가 좋아."

사키가 곁에 있다면, 그것만으로도 좋았다. 더 이상 바랄 것도 없었다.

"여긴 말이지, 2년 전에 토오루하고 둘이서 왔던 적이 있었어."

"그랬어?"

"응. 진짜 첫 데이트는 아마 여기일 거야."

"그럼 추억의 땅이네."

"응. 추억의 장소야."

사키는 조금 쓸쓸한 듯이 눈을 가늘게 뜨며 주변 일대에 피어난 키 큰 여름꽃을 바라보았다.

"사키는 해바라기가 좋아?"

"음, 글쎄. 조금 복잡하지만, 그래도 내 이름의 유래니까 좋아하는 것 같아."

히나타(日向) 사키(咲葵). 해바라기(向日葵)가 핀다. 하늘을 올려다보는 키 큰 여름꽃이 햇빛을 받아 찬란하게 반짝거렸다. 꽃밭 안을 걸어가는 사키의 모습은 그보다 더 눈부시게 보였기에 딱 어울리는 이름이라고 생각했다.

"자신의 이름이 좋아?"

"응, 좋아."

"그렇구나."

"그야, 토오루가 지금까지 수도 없이 불러준 이름이니까."

사키는 쑥스러워하지도 않고 미소를 꽃피우며 말했다.

"2년 전에는 조금 거리감이 느껴지는 '히나타 씨'였어. 그리고 사귀는 사이가 된 지금은 연인답게 '사키'가 됐고. 그게 기뻤어. 그래서 좋아."

"…그렇구나."

하지만 나는 그런 사키의 말에 부끄러움을 느끼며 애매한 대답밖에 할 수 없었다. 이름 같은 건 단지 개인을 식별하기 위한 것이라고만 생각했는데, 언제부터 친근한 감정을 담아 이름을 부르기 시작했던 걸까.

"옛날에는 해바라기도 내 이름도 안 좋아했는데 말이지. 그래도 토오루 덕분에 좋아졌어."

"다행이네. 나도 사키가 내 이름을 불러주는 건 좋아해."

나도 솔직히 말하자 사키는 짓궂은 미소를 지으며 "흐음, 그러셔?" 하고 콧소리를 냈다. 기분 탓인지 기뻐 보였다. 그렇다면 얼마든지 불러주지, 뭐.

"사키."

"토오루."

"사키."

"토오루."

"……."

"……."

달콤하면서 답답한 침묵이었다. 쑥스러움을 견딜 수 없어서 서로 얼굴을 붉히며 웃음을 터뜨렸다.

"그러면, 그러면."

"응?"

"흔히 하는 '만약에' 질문을 해도 될까?"

"호오, 얼마든지?"

사키는 몸을 바싹 들이대듯이 가까이 다가왔다. 그런 기세에 압도당하면서도 질문을 재촉했다.

"만약에 내일, 세계가 끝난다면 어떻게 할래?"

그 말과 함께 해바라기밭에 순간 정적이 내려앉았다. 지금 대답하기에는 지나치게 현실적인 질문이었다. 평소라면 그런 일이 갑자기 생기진 않을 거라고 생각하며 가볍게 대답할 수 있을 테지만, 지금은 아니다. 그런 말도 안 되는 일이 실제로 일어나는 중이니까. 우리 두 사람에겐 많은 의미가 내포된 질문이었다.

"글쎄……. 사키는 어떻게 할래?"

"내가 물어본 거니까 먼저 대답해."

"그래도 지금 상황에선 엄청나게 어려운 질문인 것 같은데."

"그러니까 물어봤지."

생각해 봤다. 난 지금 뭘 하고 싶은 걸까. 추억의 땅을 방문하고, 특별한 장소에 가보고, 소중한 사람들에게 작별의 말을 준비하고, 아무 생각 없이 평소와 같은 일상을 보내고.

몇 가지로 후보를 추릴 순 있어도 딱 이거다 싶은 게 없었다. 예전이라면 그냥 가벼운 마음으로 대답할 수 있었을 텐데, 실제로 그런 일의 당사자가 되니 너무나도 어려운 문제였다. 그래도 역시…….

"응."

이것밖에 없는 것 같다고 생각하며 고개를 끄덕거렸다.

"정했어?"

"어."

"그럼 말해봐!"

사키는 손짓을 하며 내 대답을 기다렸다. 미소를 지으며, 마치 내가 할 말 정도는 이미 다 꿰뚫고 있다는 듯이.

"네 곁에, 사키 곁에 있을래."

결국 내가 원하는 건 이것뿐이었다.

"그거면 충분해. 사키만 있으면, 그걸로 좋아."

내가 꺼낸 말을 되뇌듯이, 강하게 곱씹듯이 말했다. 그러니 세계의 마지막을 그녀와 함께 맞이하는 나는, 이 가짜 세계에 사는 그 누구보다도 행복할 것이다.

"나도……."

사키는 그렇게 말하며 동의했다.

"토오루랑 있으면 그걸로 좋아."

"…하핫."

"…후훗."

최근 들어, 이렇게 둘이 마주 보며 웃을 때가 많아진 것 같다고 생각했다. 아마 이 세계가 끝나버리는 순간까지 그녀의 미소를 기억하기 위해서일 것이다.

무수히 늘어선 해바라기의 노란 세상 속에서 둘만의 시간을 보냈다. 특별히 뭔가를 하는 건 아니었지만 그걸로 충분했다. 둘이서 시간을 공유하는 것이야말로 우리의 목적이었으니까.

"2년 전 이야기를 해줘."

조금씩 저물어가듯 주황색으로 변해가는 하늘을 배경으로, 사키는 눈부신 미소를 지었다. 머리카락을 뒤로 넘긴 탓에 드러난 귀걸이가 인상적이었다.

"2년 전이라……."

조금 쑥스러운 듯 수줍어하더니 회상에 잠기듯 눈을 가늘게 떴다.

"난 여기서 토오루한테 고백을 했어."

그건 사키가 가진 그 휴대폰 단말기에도 적혀 있던 내용이었다. 하지만 이렇게 본인에게 들으니 실제로 있었던 일이라는 실감이 났다. 그때 내 마음은 어땠을까? 과거의 내가 부러우면서 질투도 났다.

"그리고 있지, 이 귀걸이는 토오루가 여기서 선물해 줬던 거야."

그 귀에 귀엽게 장식된 해바라기 모양의 귀걸이를 강

조하듯 머리카락을 한 번 더 귀로 넘겼다.

"그랬어?"

"응. 당시에 난 중학생이었으니까 당연히 귀에 구멍도 안 뚫었는데 말이지."

"귀찌랑 헷갈렸던 건가."

"아마도."

사키가 피식 웃었다. 그것도 좋은 추억이었다는 듯이.

"난 오로지 이 귀걸이를 하기 위해서 귀를 뚫었어. 당시에 난 꽤 수수한 스타일이었고 귀걸이 같은 건 안 어울린다고 생각했으니까, 엄청난 용기가 필요했지."

"그건 뭔가 미안하네."

"미안해야지. 덕분에 이 귀걸이가 잘 어울리는 아이가 되겠다고 얼마나 노력했다고."

투덜거리는 말투였지만 싫은 기색은 전혀 없었다.

"옷에도 신경을 쓰게 되고, 머리도 염색하고 화장도 하고. 그런 식으로 귀걸이가 잘 어울리는 아이로 변한 거야. 그러다가 이렇게 화려한 스타일이 되어버렸거든?"

사키가 장난스럽게 말하며 웃었다.

"…오직 그 귀걸이 때문에?"

"오직 그 귀걸이 때문에."

감탄이 나올 만한 헌신이었다.

"그렇게 해서 예뻐졌어. 주위에서 예쁘다는 말을 듣기 시작했고, 나도 그렇게 생각하게 됐어."

"주위에서?"

"응. 토오루가 얼마나 괴로워하는지 알고 있었으니까, 나 혼자 죄책감에서 도망치듯 친구를 만들 수는 없어서 친한 친구는 없었지만 말이지."

역시 그랬다. 사키는 나와 똑같은, 아니, 어쩌면 그 이상의 죄책감을 끌어안고도 꺾이지 않고 나를 기다려줬던 것이다. 하지만 그녀는 그런 고생 따윈 없었다는 듯한 태도로 아무렇지 않게 말을 이었다.

"그래도 같은 반 남자애들이 자주 말을 걸어오기도 하고, 그… 헌팅 같은 것도 가끔 말이지? 그런 반응을 보면서 내가 예뻐졌구나 하고 생각했어."

거기까지 말하더니, 사키는 당황하며 해설을 덧붙였다.

"안심해. 다른 남자애랑 사귄 적도 없고, 헌팅한다고 따라갔던 적도 전혀 없었으니까!"

"괜찮아. 걱정 안 해."

"항상 '좋아하는 사람 있거든요!' 하고 도망쳤단 말이야."

사키가 말한 다음, 함께 쓴웃음을 지었다.

"고마워. 날 기다려줘서."

그렇게 대답했다. 그녀가 해준 노력과 인내에 보답할 방법 같은 건 모르니까, 그런 식으로 감사할 수밖에 없었다.

"그리고, 2년 전 여기서……."

그렇게 일부러 만들어진 침묵 속에서, 내 의식은 사키에게 지배당했다. 그녀가 뻗은 손가락이 내 입가로 다가오는 걸 눈으로 좇고 있었다.

"우리는 첫 키스를 했어."

"……."

사키의 입술에서 눈을 뗄 수 없었다. 이미 몇 번이나 그녀와 키스한 경험이 있지만, 그런 말을 들으니 묘한 긴장감과 고양감이 일었다.

"그러니까 또 여기서……."

내 시선은 사키의 입 모양을 놓치지 않았다.

"키스를… 하고 싶어."

"…응."

그렇게 대답하고는 서로 자연스레 이끌리듯이 다가가 입맞춤을 나눴다. 숨결을 가까이서 느끼며 서로의 호흡에 고동이 빨라진다. 조금 떨어졌다가 서로를 갈구하듯 다시 가까워졌다. 서로를 똑똑히 기억하려는 듯이 깊게, 그리고 길게.

"뭔가 굉장히 기쁘네……."

사키의 입가에 미소가 맺히는 것 같았다. 나는 있는 힘껏 사키를 끌어안았다.

"좋아해."

"…나도 좋아해."

몇 번이고, 몇 번이고 서로의 마음을 이야기했다.

감정과 함께 쏟아져 나오려는 그것을, 미간에 힘을 꽉 주어 간신히 참아냈다.

*

밤이 깊어지고 있다.

사키의 단말기를 확인하자 【3:47】이라는 숫자가 표시되었다. 이 세계의 제한 시간은 이제 네 시간도 남지 않았다.

"달과 별은 선명히 보이네."

먼 동네들은 이미 백지가 되어버렸는데. 그런 의미가 담긴 말 같았다.

"그러게. 분명 그것도 우리에게 유리한 대로 흘러가는

거겠지. 태양이 사라지면 정말 엄청난 일이 될 테니까."

"그렇구나."

밤하늘에 떠오른 달과 별. 그 빛에 비치는 무수한 해바라기. 환상적이고 아름다운 광경이었다. 벤치에 앉아 함께 하늘을 올려다보았다. 둘이 동시에 하늘을 올려다보고 있자니, 마치 우리들까지 해바라기가 되어버린 것만 같았다.

"이런 밤에는 그 콘서트의 곡을 듣고 싶은데."

"나도 그래. 하지만 이젠 전철이 없으니까 말이지……."

해바라기밭을 만끽한 뒤에, 결국 우리가 사는 동네로 돌아가서 많은 애착이 담긴 콘서트홀을 마지막 장소로 하는 게 어떨까 하는 이야기였다. 하지만 우리를 동네까지 데려다줄 전철과 역은 이미 이 세상에서 사라졌다.

해바라기밭 바깥쪽에서도 어느새 소실이 시작되었다. 세계의 끝은 차근차근, 확실하게 다가오고 있었다.

"그래도, 이 세계는 분명 친절했던 것 같아."

"세계가 친절했다고?"

"응. 이렇게 예쁜 풍경도 마지막까지 남겨줬고. 무엇보다 토오루하고 마지막까지 같이 있게 해줬으니까."

"친절할 거면 사라지지 않고 계속 둘이 지내는 꿈을 꾸게 해주면 좋을 텐데 말이지."

"그렇… 겠네."

할 말이 없어졌다. 입을 열면 무언가가 터져 나올 것만 같아서, 마지막은 서로에게 웃는 모습만 보여주며 끝내고 싶어서 섣불리 입을 열 수 없었다.

침묵 속에서 나와 사키는 서로의 손가락을 얽었다.

*

【00:17】

주위 일대는 신기한 빛에 둘러싸여 있었다.

시야를 노란색으로 물들이던 무수한 해바라기에서 빛이 넘쳐 나오면서 이 세계의 마지막 한 조각을 없애버리려 하고 있었다.

"이제… 얼마 안 남았네."

"…응."

몸이 떨렸다. 서로의 목소리도, 맞닿은 어깨도, 그 전부가 현실을 거절하듯 떨리고 있었다. 불안한 탓일까. 사키를 끌어안고 싶은 충동에 휩싸였지만, 그래도 그녀의 모습을 눈에 새겨두고 싶어서 맞잡은 손에만 조금 힘을 주었다. 그녀도 똑같이 힘을 주며 손을 맞잡은 덕분에 간신히 침착함을 되찾을 수 있었다.

"토오루는 지금 행복해?"

"행복하지."

"다행이다. 나도 행복해."

떨리는 목소리 따윈 신경 쓰지 않고 말을 이어갔다. 사키의 목소리를 이제 더는 들을 수 없게 될지도 모른다고 생각하면 한없이 허무한 기분이 든다.

"토오루, 미안해."

"왜 사과하는 거야."

"토오루의 말대로, 내가 토오루와 만나는 선택을 하지 않았다면 이렇게 괴롭지 않아도 됐을 테니까."

나보다도 훨씬 괴로운 표정을 짓는 주제에 무슨 소리야, 하고 생각했다. 당장이라도 울어버릴 것처럼 잔뜩 울상 지었으면서.

"바보 같은 소리 마."

"그래도, 그래도… 나는……."

사키는 고개를 숙이며 힘없이 중얼거렸다.

"내가 이런 꿈을 바랐으니까 토오루는 괴로워하고, 또 시즈쿠 양도……."

"……."

"난 계속 알 수 없었어. 토오루 곁에 있을 수 있게 되길 바랐던 걸, 사실은 몇 번이나 후회했어. 정말 잘한 짓인가 하고 자문해 봤지만, 답이 나오질 않아서……."

후회하는 사람은 나뿐이라고 생각했지만, 내 곁에 있어 준 사키는 분명 나보다 훨씬 무거운 짐을 짊어지고 있었을 것이다. 이 꿈의 세계에서 벌어진 모든 일들을 자기 책임으로 생각하는 건지도 모른다.

고민을 털어놓을 상대도 없이 혼자서 얼마나 힘들었을까. 사키는 고독 속에서 나를 계속 기다려준 것이다.

"확실히 후회는 남을지도 몰라. 나도 전부 납득한 건 아니니까."

"응."

"그래도 사키의 선택은 잘못되지 않았어."

"토오루……."

이것이 사키의 '청산'이 될 수 있도록 신중하게 말을 이었다.

"난 사키와 만나지 못하는 게 더 싫어. 이렇게 만나지 못했다면 내 과거와 마주 보려고도 하지 않았을 테고, 많은 행복을 느껴보지도 못했을 거야. 그렇게 생각하면 지금의 괴로움도 애틋하기만 해."

"…뭐야 그게. 이상한 허세나 부리고."

사키는 그렇게 말하며 희미하게 웃음 지었다. 사키도 모든 걸 납득한 건 아닐 테지만, 당장이라도 울 것 같았던 표정은 바뀌었다. 내가 조금이라도 그녀에게 위안이 되길 바랐다. 그때, 사키가 놀란 표정을 지으며 "아, 맞다!" 하고 외쳤다.

"왜 그래?"

"약속 한 가지를 잊고 있었어."

약속…? 이 끝나가는 세상에서 아직 해결되지 않은 약속이 있었던가? 적어도 내 기억에는 없었다.

"그거 말이야, 처음에 했던 약속."

고개를 갸웃거리자 "그걸 어떻게 까먹지?" 하고 어이가 없다는 듯 한숨을 쉰다.

"했잖아, 약속. 날 도와주는 일을 잘 해내면, 뭐든 해주겠다고."

"…아아!"

그런 말을 했던 것도 같다. 분명 '날 도와주는 일을 제대로 해내면 소원 한 가지를 뭐든 들어 줄게.'라는, 아주 위험한 유혹 같은 말이었다.

"하지만 그건 콘서트 오디션에 합격하는 게 조건 아니었어?"

"합격하는 게 조건이라고 한 적 없어. 여름방학 내내 도와주는 게 조건이었지. 토오루는 여름방학 마지막 날까지 나랑 같이 있어 줬으니까, 소원을 한 가지 말할 권리가 있어!"

사키가 과장된 말투로 이야기했다.

"소원이라."

"아, 이런 상황에서 야한 소원은 안 되거든?"

"날 뭐로 보고!"

내가 고민하는 게 신기했는지, 사키는 짓궂게 소리 내어 웃었다.

"그럼……."

"정했어?"

"응. 조금 너무한 소원일지도 모르지만."

"뭐든 괜찮아."

하지만 지금 내가 생각해 낸 건, 분명 잔혹하고 무책임한 말이었다. 그래서 입을 여는 게 망설여졌지만…….

"이 세계가 끝나고 원래 세계로 돌아가면."

"응."

"날 계속 기다려줬으면 해."

"……."

"무리한 요구라는 건 잘 알지만, 역시 난 한 번 더 사키와의 시간을 걸어가고 싶어."

"…에이, 뭐야."

그녀는 괜히 기대했다는 듯 중얼거렸다.

"처음부터 그럴 생각이었는데."

"그게 무슨……."

"그런 말 안 해도, 난 계속 토오루를 기다릴 생각이었다고."

"……."

그녀의 대답을 듣고 아무런 말도 할 수 없었다. 아니, 감탄한 나머지 목소리가 나오지 않았다. 역시 사키다. 난 앞으로도 이 아이한텐 절대 당해내지 못할 거라고 생각했다.

만나길 잘했다. 만난 게 사키라서 좋았다.

"날 만나줘서 고마워."

"나야말로 고마워."

그리고 또 한 번 끌어안았다. 이렇게 서로의 온기를 느낄 수 있는 게 지금뿐이라고 생각하니 견디기 힘들었고,

서로의 어깨 위에서, 억지로 유지했던 미소가 무너져 내렸다.

"이제, 끝나는 거네······."

"···응······. 이제······."

"···아아······."

"···흑."

새어 나오는 흐느낌도, 코를 훌쩍이는 소리도 신경 쓰이지 않았다. 이 세계는 역시 친절하지 않다. 친절할 거면 우리한테서 눈물을 빼앗아 주었으면 좋았을 텐데. 이젠 미소를 빼앗겨버린 것처럼 제대로 웃을 수가 없다.

눈물이, 멈추지 않는다.

"···사키, 사키······. 떨어지지 말아줘······. 계속 곁에 있어줘······."

"응······. 계속 있을게, 토오루······."

바라게 된다. 이 꿈이 부디 끝나지 않기를. 지금이야말로 우릴 위해 바람을 들어달라고. 하지만 그런 바람은 이뤄지지 않았고······. 곁에 놓아둔 휴대폰에서 진동음이 울렸다.

【00:01】

이제 1분이 남았다. 사키와 떨어질 수 없었다. 떨어지기가 무서워서 더욱 강하게 끌어안았다.

"…정말로, 사랑해……. 사랑해……."

"나도 토오루가 좋아……. 계속, 계속 좋아했어…!"

"아아, 아아……."

세계가 끝나간다.

그런 느낌이 몸 안쪽 깊숙한 곳까지 전해져 왔다. 이젠 시간이 없다. 하고 싶은 말은 아직 얼마든지 남아 있는데, 가장 중요한 말이 떠오르지 않았다.

그래서 필사적으로 몸을 움직였다. 거의 하얗게 물들어버린 세계 속에서 그녀와 키스를 했다. 그리고 마지막 한마디를 속삭였다.

이 세계에서의 마지막 소리.

이 세계에서의 마지막 말.

그 한마디가 왠지 우리다워서 웃어버렸다. 마지막은 눈물을 흘리면서도, 역시 웃으면서. 그렇게 해서 한마디의 울림만을 남기고 세계는 끝났다.

길고 길었던 꿈은 끝났다—.

『언젠가 또』.

에필로그

꿈의 틈새에서

세계가 멈추는 순간을 봤다.
그건 전혀 특별할 것 없는 일상의 한 장면이었다.
이미 습관이 된 콘서트홀에서의 음악 감상을 하고 집에 가는 길이었다.
바이올린 레슨이 끝난 시즈쿠와 중간에 만나기로 했고, 마침 횡단보도 건너편에서 시즈쿠의 모습을 발견하고 손을 흔들었다.
빨간불을 확인하고 신호등이 파란불로 바뀌기를 기다

렸다.

주위 환경은 평소와 전혀 다를 게 없다. 초목은 부드러운 바람에 살랑이고 행인은 각자의 길을 걸어간다. 자동차는 빠른 속도로 행인을 쉽게 추월한다. 세계는 평소대로 돌아가고 있었다.

하지만 신호가 파란불로 바뀌었을 때, 치명적인 위화감을 느꼈다.

멈춰 서 있던 이들은 신호가 바뀐 걸 확인하고 다시 걷기 시작했지만, 내 시야에는 그게 전부 슬로모션처럼 보이면서 움직임이 서서히 느려져 갔다.

그리고 걸어가는 방향, 시즈쿠가 미소를 띠며 이쪽을 향해 다가오는 그 순간, 희미하게 시야에 들어온 물체에 눈을 가늘게 떴다.

신호가 바뀌며 정지해야 할 트럭. 그것이 속도를 유지한 채 시즈쿠에게 접근하고 있었다.

—시즈쿠!

소리치며 달려 나갔다.

하지만 내가 움직이기 시작했을 때는 이미 옆에 있던 그림자가 한발 먼저 시즈쿠에게 다가갔고, 보호하듯 감싸며 시즈쿠가 있던 쪽의 인도 쪽으로 몸을 날렸다.

그럼에도.

몸을 던져 시즈쿠를 구하려던 그 인물이 트럭 충돌의 위기에 노출되었다. 아슬아슬하게 부딪칠 수도 있는 각도였다. 난 그럴 가능성을 감지하자마자 재빠르게 땅을 박찼다.

그리고 그녀를 밀쳐낸 순간, 요란한 브레이크 소리와 함께 내 온몸이 엄청난 충격에 휩쓸렸다.

―휩쓸려야만 했다. 하지만.

충돌로 튕겨 나간 나는, 피가 흐르는 이마를 누르면서 내가 지켜야 할 대상이 무사한지 확인했다.

그리고 정신을 잃었다.

*

목소리가 들렸다.

내 이름을 부르는 목소리였다.

몇 번이고, 몇 번이고 반복해서.

그리운 음성을 향해 손을 뻗었다. 모습이 보이지 않는 그것의 형태를 어떻게든 파악하려고 했다. 마치 물속에 가라앉은 의식이 수면을 향해 손을 뻗어, 이 깊은 어둠의 세계에서 꺼내주길 기다리는 것처럼.

―토오루, 토오루, 토오루.

또다시 내 이름을 부르는 소리가 들렸다.

필사적인 그 목소리는 누구의 것일까. 왠지 모르게 그립기도 하고 가슴을 꽉 억죄듯 괴로워지기도 하는 그런 목소리. 하지만 듣고 있으면 마음이 편안해져서 안도감을 얻을 수 있는, 그런 목소리였다.

―하시바 씨, 하시바 씨.

또였다. 하지만 어째서일까. 아까하고는 명확히 다른 이 느낌은······.

누군가 내 어깨를 건드린다. 그리고 흔들었다. 방해하지 말라고 말하고 싶었다. 방금 목소리의 정체를 떠올리고 싶었다. 하지만 그런 내 바람 따윈 상관하지 않고 아까보다 훨씬 강하게 어깨를 흔들었다.

"···시바··· 씨."

나를 부르는 목소리가 커지는 동시에 의식이 깨어나기 시작했다.

"하시바 씨."

"으음······."

그렇게 의식이 선명해지며 눈을 뜨자, 최근에 익숙해

진 사람의 얼굴이 보였다.

"좋은 아침이에요, 하시바 씨. 오늘 퇴원이니까 좀 더 부지런히 움직여 주세요."

나이보다 훨씬 젊어 보이는 미모의 간호사였다. 나는 어떤 사고를 당한 덕분에 장기 입원 중이었다.

"토모코 씨……. 조금만 더 잘게요."

"안 돼요. 빨리 일어나요."

토모코 간호사의 재촉에 상반신을 일으켰다.

"퇴원 준비 빨리 끝내요. 건강한 사람을 병원에 계속 놔둘 만큼 우리는 한가하지 않으니까. 시즈쿠도 이미 마중하러 왔어요."

"오늘까진 아직 환자거든요."

토모코 씨는 그런 내 말대꾸에 이불을 빼앗는 것으로 대응했다. 이불 안에 모여 있던 열이 흩어지면서 방금 일어난 몸에 싸늘한 공기가 파고들었다. 지금은 겨울. 아무리 병원 안이라도 갑자기 이불을 뺏기면 조금 추울 수밖에 없었다.

"토모코 씨. 저 왠지 엄청나게 긴 꿈을 꾸고 있었던 것 같거든요."

"그야, 자고 있었으니까 꿈 정도는 꾸겠죠?"

"그런가요? 잊으면 안 되는 꿈이었던 것 같은데……."

"뭐야, 설마 꿈속에서 사랑이라도 했어요?"

토모코 씨는 놀리듯 그렇게 말했다. 무슨 내용이든 꿈은 꿈이다. 언젠가는 기억에서 지워지는 게 당연하고, 일일이 신경 쓰고 살 수는 없었다. 하지만 그걸 알면서도 왠지 안타까운 감정이 남았다.

"글쎄요."

나도 쓴웃음을 지으며 대답했다. 그때 병실에 손님이 찾아왔다.

"좋은 아침, 오빠!"

"안녕, 토오루 군."

한쪽은 여동생인 시즈쿠, 다른 한쪽은 나와 함께 토모코 씨의 담당 환자인 카오리 누나였다. 활발한 성격이라 죽이 잘 맞는 둘은 내가 입원하자마자 의기투합했다. 시즈쿠는 자주 내 병문안을 와줬지만, 그 대부분이 카오리 누나를 만나러 온 거나 마찬가지였다.

"두 사람 모두, 좋은 아침."

"오오, 늦잠이냐, 늦잠~?"

카오리 누나가 잠에서 깬 내 얼굴을 웃긴다는 듯 가리켰기에, 나도 얼마 전 입수한 정보로 응전하기로 했다.

"지난번에 들었는데, 요즘 카오리 누나한테 좋아하는 남자가 있다며? 그 얘기 좀 자세히 해봐."

그렇게 말하자 카오리 누나는 조금 놀란 듯 숏컷으로 자른 머리를 흔들더니, 정보가 누출된 경로를 짐작했는지 "토모코 씨!" 하고 소리쳤다. 이런 사람들에게 둘러싸여 생활하다 보니 여름부터 약 반년 동안 이어진 입원 생활도 지루할 틈은 없었다.

사고 전후의 기억에 혼탁이 보이긴 했지만 큰 문제는 없었고, 사지도 멀쩡했다. 사고 당시에는 내가 피를 흘리고 충돌한 트럭이 찌그러져 있어서 사람들이 크게 놀라 소란스러웠다고 한다. 덕분에 지방 신문에 보도되기까지 했다. 하지만 다행스럽게도 사망한 사람이 없고, 부상을 입은 사람은 나 하나뿐이어서 금세 잊혔다.

솔직히 사고 당시의 기억은 잘 나지 않지만, 일단 무엇이든 해야 한다는 사명감 같은 것에 사로잡혀 시즈쿠를 포함한 주위 사람들을 구하려고 필사적이었던 게 희미하게 생각난다. 내 옆에 시즈쿠를 구해준 사람이 있었던 것 같지만, 사고의 충격으로 기억의 일부가 사라져 버려서 떠오르지 않았다.

아무튼 결과적으로 참사는 벌어지지 않았으니까 아무

래도 좋았다.

개인적으로는 입원해야 할 정도의 부상도 아니라고 생각했기에 좀 더 빨리 자유의 몸이 되고 싶었는데, 오늘 드디어 퇴원 날을 맞이했다.

"그럼 오빠, 집에 가자."

"응, 그래."

다시 일상으로 돌아간다. 아무 특별할 것 없는 일상이 이어진다. 하지만 당연함이 바로 행복이라는 걸 나는 알고 있다. 그런 하루하루를 소중히 여기며 살아야 한다는 생각이 강하게 들었다.

"아 그렇지, 시즈쿠. 모처럼 왔으니까 어딜 좀 들렀다 가도 될까?"

"상관없는데. 어디 가려고?"

"아아, 그건—."

♩♪ 간주 - 언젠가 또 ♩♫

겨울의 한기에 굳어버린 손을 비비며 연주회장 안으로 들어섰다.

동네 외곽의 콘서트홀. 여느 때처럼 관객은 많지 않아서 오늘도 성황이라고 하기는 힘들었다. 정적이 내려앉은, 어둑어둑한 공간. 아무리 시간이 지나고 계절이 바뀌어도 변하지 않는 이곳의 분위기에서 묘한 안도감을 느꼈다.

이 콘서트에 올 때는 다른 사람들보다 일찍 도착하려고 노력한다. 내가 그러는 이유는 단순했다.

"으음……."

회장 안의 좌석을 둘러보았다. 피아노 연주자의 손이 보이면서 너무 가깝지도 않게 딱 적당한 자리를 찾았다. 그와의 기억이 가장 많이 축적되었을 그 자리에 앉았다.

나는 언제나 그를 기다리고 있다.

사고를 당하는 그를 구하지 못하고, 혼자 입원하는 그의 모습을 멀리서 지켜볼 수밖에 없었던 나. 하지만 기다릴 수밖에 없었다.

그가 내 앞에 나타날 때까지.

그가 나를 기억해 낼 때까지.

그가 내 이름을 불러줄 때까지.

"잠깐 화장실 좀 갔다가 올게."

"알았어. 그럼 난 자리를 잡아놓을게."

정적이 유지되던 연주회장 안에서 어디선가 그리운 목

소리가 들려왔다. 착각할 리 없다. 귀에 익숙한 이 부드러운 울림을. 조금씩 가까워지는 착실한 발소리. 하지만 이런 긴장감 넘치는 분위기에 익숙한 듯한 느낌의 발소리였다.

대부분의 소리가 차단된 환경이라 평소보다 민감해진 청각이 가까이 다가오는 발소리를 쫓았다. 이윽고 선명해진 발소리가 딱 멈췄다.

옆에서 내 쪽으로 그림자를 드리우는 인물에게 자연스레 시선을 옮겼다. 그러자 상대방과 눈이 마주쳤다.

"…앗."

그곳에는 그가 있었다.

신기하다는 듯 나를 바라보는 그가 있었다. 그는 마치 '옆에 자리 있나요?' 하고 물어보는 듯한 뉘앙스로, "안녕." 하고 말했다.

언젠가와 똑같은 그가 그곳에 있었다. 내가 계속 갈구하고 기다리던 그가 있었다.

"오랜만, 이라고 하는 게 맞나?"

부드럽게 미소 지으며 그렇게 입을 열더니, 마지막에는.

—사키.

그렇게 말했다.

미래에 대한 우리의 약속은 지금 지켜졌다.
'언젠가 또', 그런 증표도 없는 애매한 약속이.

―또 만났네.

그 여름 꿈의 끝에서 사랑을 했다
ⓒ 2025, 후유노 요조라

초판 인쇄 | 2025년 7월 25일
초판 발행 | 2025년 7월 31일

지 은 이 | 후유노 요조라
옮 긴 이 | 김진환
펴 낸 이 | 서장혁
편　 집 | 성유경
디 자 인 | 이새봄

펴 낸 곳 | 토마토출판사
주　 소 | 서울시 마포구 양화로161 케이스퀘어 727호
T E L | 1544-5383
홈페이지 | www.tomato4u.com
E-mail | story@tomato4u.com
등　 록 | 2012. 1. 11.
I S B N | 979-11-92603-80-3 (03830)

• 잘못된 책은 구입처에서 교환해드립니다.
• 가격은 뒤표지에 있습니다.
• 이 책은 국제저작권법에 의해 보호받으므로 어떠한 형태로든 전재, 복제, 표절을 금합니다.